L'HOMME
AUX MILLE VISAGES

SONIA KRONLUND

L'HOMME AUX MILLE VISAGES

BERNARD GRASSET
PARIS

Photos de la bande : Aurélie Gasche.

ISBN 978-2-246-83189-1

Liar, liar, pants on fire
Your nose is longer than a telephone wire

THE CASTAWAYS

AVERTISSEMENT

Ce récit essaie de restituer avec exactitude les faits qui se sont déroulés, les propos qui ont été tenus, les vérités et les mensonges qui sont apparus, en s'appuyant sur de nombreux témoignages. Certains prénoms, lieux et légers détails ont été cependant modifiés pour préserver l'anonymat de la plupart des personnes concernées.

1.

Quand j'avais une vingtaine d'années, le premier garçon avec qui j'ai vécu a dissimulé un magnétophone dans mon salon entre le radiateur et le mur. Il enregistrait ce qui se passait en son absence, puis il écoutait ce que j'avais dit aux gens de passage ou au téléphone. Il y faisait ensuite allusion par bribes. Si j'avais parlé de lui, ou de notre relation, il me questionnait en donnant des détails qui me terrifiaient. Comment savait-il ce que j'avais dit ? D'où ça sortait ? C'était fou. L'histoire a duré plusieurs mois. Quand j'ai appris la vérité, qu'il me l'a dite enfin, j'ai été prise de panique. J'ai coupé tous les liens.

Quelques années plus tard, je suis partie vivre à Londres avec un jeune Anglais qui travaillait dans l'édition. Un *British* tout ce qu'il y avait de plus *british* comme dans *Astérix*, avec le nez en l'air, un nuage de lait dans son eau chaude et un bonnet de nuit pour dormir. Un jour, j'ai appris qu'il ne travaillait plus depuis longtemps, car il était américain et n'avait pas de papiers. Le matin, il partait à la bibliothèque et le soir il prétendait revenir du travail. Cette fois, j'ai eu encore plus peur. J'ai cru qu'il viendrait m'assassiner dans la nuit si je lui faisais part de ma découverte. Je n'ai rien dit. Je l'ai observé pendant plusieurs jours aller et venir, boire son thé et manger ses *scones*. J'ai posé des questions sur son travail. Il restait évasif. À force, il a dû deviner que je savais. On n'en a pas parlé. Je suis partie.

Et ça a continué comme ça. Les hommes que j'ai aimés étaient souvent malhonnêtes, menteurs, manipulateurs. Ça me désespère mais ça doit être mon genre. Cette étrange attirance m'a suivie dans mon travail. Je me suis beaucoup intéressée aux baratineurs, bonimenteurs et autres charlatans. C'est pourquoi lorsque Marianne m'a contactée et que j'ai découvert l'histoire de Ricardo, elle s'est imposée à moi comme un nouvel objet à l'intérieur d'une quête personnelle sinueuse et sans fin. D'ailleurs, je pense que si je n'ai pas croisé la route de cet homme, si je ne figure pas dans la liste de ses victimes, c'est un simple hasard.

*

Le 14 novembre 2015, au lendemain de la longue nuit des attentats du Bataclan et des terrasses parisiennes, vers six heures du matin, Marianne voit Alexandre, son compagnon, se hâter vers l'hôpital

Louis Mourier de Colombes où il travaille comme chirurgien, spécialiste du thorax. Le jeune couple de trentenaires vit à Paris près du canal Saint-Martin. Ils partagent le grand studio tout blanc aux étagères de couleur que Marianne a acheté et refait à neuf il y a deux ans. Elle est illustratrice, essaie de manger bio, fréquente les cinémas du canal et les expositions dont on parle. Les attentats ont eu lieu à deux pas de chez eux. Ils sont sous le choc. Ils se sentent concernés, visés. En partant, Alexandre sait déjà que sa journée sera rude. La nuit, son chef de service l'a laissé dormir mais les blessés à opérer ne peuvent plus attendre.

Quand Marianne le voit rentrer le soir, il est dévasté. Il a la mine sombre des pires journées. Il s'écroule sur le canapé, mutique, quasiment prostré. Ce soir-là, le couple a prévu de longue date un apéritif chez des voisins. Alexandre n'a pas la force. Marianne le persuade avec douceur qu'il ne peut pas rester comme ça, que sortir lui changera les idées. Il se laisse faire. Hanté par sa journée, il finit par raconter ce qu'il a vu et vécu. Djamila et Olivier, les voisins, n'oublieront jamais cette soirée où tous sont en larmes quand Alexandre décrit les patients criblés de balles, mutilés ou paralysés qu'il a opérés. Ils craquent quand il évoque cette jeune fille blessée au Bataclan qu'il n'a pas réussi à sauver, morte sur la table d'opération. L'horreur ensuite d'annoncer au père le décès de son enfant, les mots qu'il a fallu trouver.

Djamila et Olivier sont frappés par sa modestie, son côté profil bas. Il a fait ce qu'il fallait, rien de plus, il garde la mesure. Ses années de jeunesse passées à faire de la médecine de guerre auprès de Médecins sans frontières l'ont aidé, dit-il, à trouver les bons gestes, la distance. Pour la première fois, il en évoque des bribes, le Soudan notamment. Il ne se vante pas, il reste posé. Mais c'est grâce à cette expérience qu'il a compris quelque chose de troublant sur les patients aujourd'hui : certaines des balles qu'il a extraites des corps n'ont pas été tirées par les terroristes mais par des policiers.

Djamila et Olivier se sentent reconnaissants. Tandis qu'eux ont passé la journée assommés devant la télévision à voir et revoir les images des attaques, ils se couchent presque fiers de connaître une des rares personnes à avoir été utiles en ce jour funeste.

Quand Marianne déroule son passé avec Alexandre, dans ce petit passage fleuri où elle vit encore, quand elle en reparle avec ses voisins qui, depuis, la soutiennent de toutes leurs forces, cette soirée reste un des moments les plus sidérants qu'elle ait vécus.

Car rien de tout ce qu'Alexandre a raconté n'est vrai. Marianne le sait maintenant. Alexandre n'a jamais mis les pieds dans cet hôpital. Il n'est pas médecin. Il ne s'appelle même pas Alexandre.

*

Au début de leur histoire, la jeune femme accepte de dîner avec lui sans grand enthousiasme. Elle lui trouve un style bourgeois, un peu coincé, qui n'est pas son genre. La chemise rentrée dans le pantalon, ce genre de détail. Puis elle se laisse gagner par sa gentillesse, ses attentions, la douce persévérance dont il l'enveloppe, qu'elle attribue à ses origines brésiliennes : il a grandi à Rio où il a fait ses études de médecine. Après une dizaine d'années dans l'humanitaire en Afrique, il a suivi un collègue en France, Jean-Yves, de MSF, qui l'a aidé à trouver son poste à l'hôpital de Colombes. En tant qu'étranger, il a dû repasser une partie des examens. Mais maintenant ça y est, Alexandre a envie de se poser, de construire quelque chose.

Rapidement, il semble épris, se montre sentimental. Marianne commence l'histoire mais reste prudente. Autour d'elle, il fait l'unanimité. Sa famille, ses amis, tous adorent ce garçon si prévenant, si gentil, si serviable. C'est aussi un bel homme, un de ces *latin lovers*, grand, fort avec les yeux noisette et le teint hâlé. Ses amis insistent : *Attends, pour une fois que tu tombes sur un gars qui a l'air sérieux, qui a envie, vas-y, fonce.*

Elle, c'est une jeune femme calme, structurée, avec une voix douce et précise. Elle a une vie où chaque chose semble à sa place. Sa pâleur délicate ne cache pas sa détermination. Je ne sais pas pourquoi, quand je pense à elle, je lui trouve un côté très « français ».

Elle est restée proche de ses parents qui vivent en dehors de Paris, séparés mais bons amis. Alexandre est dans le même cas. Son père, Francisco, est juge à Rio. Sa mère est aux États-Unis dans le New Jersey où elle a refait sa vie avec un Américain. Il a trois sœurs dont le prénom commence par un R : Roberta, Renata, Raquel. Son prénom de baptême, Ricardo, suit la même règle mais tout le monde l'appelle Alejandro, son deuxième prénom, qu'il a francisé en Alexandre. Dans sa famille, on se téléphone tous les jours ou presque. Marianne est impressionnée par ce clan soudé, aux caractères bien trempés. Elle se demande comment elle y trouvera une place. Roberta, l'aînée, vit aux États-Unis, à côté de leur mère, et a deux enfants. Alexandre regrette qu'elle ait renoncé à son travail pour s'occuper de la famille. Il en veut à son mari qu'il trouve un brin macho. Raquel, la petite dernière, se cherche encore et dilapide l'argent que lui distribue son père sans compter. Alexandre aimerait qu'il soit plus sévère, qu'il ne lui passe pas tout. Renata est celle dont il se sent le plus proche. Ils n'ont que deux ans de différence. À moins que ce soit Roberta, que Marianne confonde. Elle réfléchit, hésite un temps, Roberta ou Renata ? Puis se reprend, non c'est bien Roberta, celle qui vit aux États-Unis. Marianne tient à se souvenir avec précision des détails de ce roman familial pourtant imaginaire dans lequel elle a vécu pendant des mois. Elle ne veut pas commettre d'erreur sur ces personnages fins, bien dessinés, à qui il arrive tous les jours des choses qu'elle a partagées, vécues en direct. Elle n'a pas vu de photo d'eux mais elle peut encore dire leur couleur de cheveux, s'ils sont grands ou petits. Elle avait hâte de faire leur connaissance.

Peu de temps après leur rencontre, Alexandre apprend que sa mère est atteinte d'un cancer, un genre de myélome. Il est bien placé pour le savoir, elle ne vivra pas longtemps. Le couple traverse ensemble cette épreuve qui les rapproche, évidemment. Alexandre passe des heures au téléphone avec ses sœurs au Brésil et aux États-Unis. Marianne le soutient, s'attendrit et baisse la garde.

À la mort de sa mère, quelques mois plus tard, il part dans le New Jersey. Il est très affecté, Marianne aussi, par empathie. À son retour, il emménage chez elle dans le studio tout blanc. Il commence une formation en chirurgie pédiatrique, à Toulouse, où il se rend une semaine par mois.

Sans s'y attendre vraiment, Marianne tombe enceinte. Elle est heureuse. Il se met à genoux devant son ventre, jure que c'est le plus beau jour de sa vie, et pleure. Puis s'empresse d'appeler son père pour lui annoncer la nouvelle.

La grossesse se poursuit. Alexandre insiste pour que Marianne soit suivie par une collègue de l'hôpital et que l'enfant naisse à Colombes. Elle sera mieux traitée, et soignée le cas échéant. Mais elle préfère une maternité près de chez eux à Paris, plus commode.

Il se vexe, tente de la convaincre puis finit par céder. Il ne comprend pas non plus pourquoi elle ne vient jamais le voir à son travail. Il la taquine en lui disant qu'elle ne s'intéresse pas à ce qu'il fait, qu'elle trouve toujours un prétexte.

Pour qu'elle puisse le joindre à tout moment, il lui laisse le numéro de l'infirmerie du bloc. Elle doit bien préciser qu'elle est sa compagne, sinon on n'osera pas le déranger. Au cas où, il veut aussi qu'elle note les numéros de ses trois sœurs et de son père au Brésil, on ne sait jamais. Tout ça, je le saisirai plus tard, c'est son côté *gambler*, c'est pour l'adrénaline, le frisson, le sport.

Marianne est enceinte de cinq mois et demi tandis qu'Alexandre cumule les gardes, dort souvent à l'hôpital, enchaîne à Toulouse et passe parfois une semaine, dix jours sans rentrer. Un soir qu'elle se sent plus seule qu'un autre, que son ventre est un peu plus dur, elle essaie de le joindre plusieurs fois sur son portable mais il ne répond pas. Elle appelle l'hôpital. Au standard, la réceptionniste ne connaît personne de ce nom. Marianne se dit que les listes ne sont pas à jour. Celui de l'infirmerie du bloc est aussi un mauvais numéro. Elle commence à s'inquiéter. Son cœur bat plus vite. Dans un élan, sans trop réfléchir, elle compose les quatre autres numéros qu'il lui a laissés au Brésil et aux États-Unis. Ils sont tous faux, sonnent dans le vide, ou bien les interlocuteurs n'ont jamais entendu parler d'Alexandre.

Quelque chose ne va pas : c'est tout ce qu'elle arrive à penser. Ça tourne vite, ça monte à la tête comme un grand vertige, un aperçu de l'abîme. Puis elle se ressaisit, elle se dit qu'il est seulement interne, pas encore titulaire, il n'a pas osé lui dire. Et elle a mal noté les autres numéros. Elle s'accroche à ça. Ouf.

Quelques jours se passent pendant lesquels le doute commence à s'infiltrer dans tous les espaces de leur vie commune. Alexandre est retenu à Toulouse, Marianne se met à chercher. Sur son ordinateur, qu'il lui emprunte parfois, il a créé une session. Elle n'y trouve rien d'anormal : des articles spécialisés, des comptes rendus opératoires, des documents administratifs de l'hôpital. Elle se souvient alors qu'avant de créer sa propre session, il a beaucoup utilisé son « bureau » à elle, avec le navigateur Chrome de Google. Grâce à l'historique, elle y repère des traces de son passage. Il se trouve qu'elle a réglé un paramètre de Chrome qui enregistre automatiquement les mots de passe de tous les comptes consultés, sans qu'il soit besoin de le préciser. Alexandre ignore ce réglage. Marianne accède donc à tous les comptes utilisés par son compagnon il y a encore quelques mois, que ce soient ses comptes mail, avec les pièces jointes, ses profils sur les réseaux sociaux, tout. Bientôt, son vertige se transforme en plongée abyssale, en descente aux enfers. Elle pénètre dans une autre dimension : un deuxième, un troisième, jusqu'à un septième monde apparaissent derrière des portes qu'elle ouvre, tétanisée, en quelques clics. La stupéfaction laisse place à la sidération.

*

Marianne découvre qu'Alexandre possède une vingtaine de comptes mail, des dizaines de pages Facebook, de profils sur des sites de rencontres, qu'il correspond avec d'innombrables femmes dans cinq ou six pays. Il y apparaît que son compagnon a de très nombreuses relations amoureuses en même temps, à divers degrés d'intimité, en France, en Pologne, en Suède, en Espagne, au Portugal, en Argentine, au Brésil. Plusieurs enfants surgissent au détour d'une conversation, d'une photo envoyée pour un anniversaire, d'un mail anodin : en recollant les morceaux foisonnants, confus, elle en identifie au moins un au Brésil, un autre en Argentine. À l'instant T, elle compte quatre foyers, quatre appartements dont il a les clefs, quatre femmes qui se croient seules à vivre avec lui, dont deux en Pologne, et une qui lui parle en espagnol. Marianne ne comprend ni le polonais ni le portugais ou l'espagnol, mais elle s'absorbe plusieurs jours dans ces univers parallèles, cet enchevêtrement d'existences multiples, sans sortir ni manger. Elle examine les comptes, lit les mails, les commentaires, étudie les photos. Le tout entrecoupé de nausées et vomissements.

À chaque relation correspond un prénom et un nom différents, une nationalité, une profession, une biographie familiale entièrement nouvelle, une vie. Selon les cas, l'homme est pilote de ligne, photographe de guerre, ingénieur chez Peugeot, militaire à Gaza, policier, médecin ou bien il a ouvert une franchise de cosmétiques. Sur le compte Facebook où il se dit militaire et poste des dizaines de photos de divers terrains de guerre, il est suivi par plus de 50 000 personnes. Il est ici espagnol, là argentin, brésilien ou portugais. Il s'appelle tantôt Daniel, Alexander, Ricardo, Jeremias, Carlos, Antonio. Son père est cheminot à Buenos Aires, juge à Rio ou mort dans un accident d'hélicoptère, de voiture ou d'un cancer. Marianne exhume des échanges avec sa vraie mère, Maria, qui est bien vivante dans une petite ville de l'État de São Paulo et pas du tout morte dans le New Jersey, ni née à Rio. Il a l'air d'avoir un seul petit frère d'une douzaine d'années qu'il a fait passer pour un neveu, à qui elle a envoyé un iPad pour Noël.

Marianne pénètre dans un univers visuel élaboré qui échafaude ces différentes identités. Il inclut des images d'acteurs censés incarner ses parents, des diplômes bidonnés, des cartes d'identité trafiquées, des relevés bancaires bidouillés, des vidéos prises avec son téléphone, des selfies, des montages.

Quand elle réalise que même à sa propre mère il a menti et inventé une histoire de toutes pièces dans laquelle il est ingénieur, vient d'avoir une petite fille et vit dans le sud de la France, le coup l'achève. En revanche, Marianne, elle, n'existe pas. Aucune trace de leur vie à Paris, de sa grossesse, de sa famille ou d'elle-même n'apparaît dans ces échanges. Elle n'est qu'un fragment minuscule à l'intérieur d'une énorme construction, un système à ramifications multiples et tentaculaires. Peu à peu, des détails lui reviennent qui terrifient. Elle pense à ces dizaines de coups de fil quotidiens avec ses sœurs, son père, ses collègues de l'hôpital, qui durent des heures. Comment le téléphone sonne-t-il ? Qui est au bout du fil ? Comment est-ce possible ? Elle ressasse ces questions, les considère sous différents angles et met du temps à accepter qu'il parle sans doute dans le vide. Peut-être règle-t-il des alarmes pour faire sonner l'appareil ? Sa vie s'effondre.

Je passe sur la solitude dans laquelle elle se trouve plongée, la peur qu'elle éprouve, la perte de tous ses repères. Mais Marianne est une fille forte. Elle veut comprendre qui est cet homme, trouver des bribes de vérité, quelque chose à quoi s'accrocher. Que va-t-elle dire à son enfant ? Qu'elle ne sait pas comment s'appelle son père ? Ni d'où il vient, ni qui il est ? La situation lui paraît insoutenable. Elle veut au moins un nom et un pays. Alors elle garde le silence.

De longue date, il est prévu que la semaine suivante, pour les vacances de Noël, le couple se retrouvera dans le Sud-Ouest, chez la mère de Marianne.

Cette dernière a appris la catastrophe en cours de la bouche de sa fille mais a promis de se taire, de faire semblant. Marianne veut garder cette longueur d'avance pour observer, étudier, chercher dans les yeux de cet homme ce qu'il y a derrière, tout au fond, avant la fin. Elle le regarde respirer, elle le regarde dormir, elle le regarde parler, répondre au téléphone et elle essaie de superposer les deux images, celle de la personne incroyablement humaine, généreuse, aimable, attentionnée qu'elle admire et qu'elle aime tant et cet autre homme, inconnu, impénétrable. Mais ça ne colle pas. Elle n'y arrive pas. Elle ose une remarque anodine sur la Pologne, une ou deux allusions à double sens et croit apercevoir sur son visage de petites défaillances, un micro stress, alors elle arrête. Et puis il y a cette chanson de Jeanne Moreau, « J'ai choisi de rire », qui lui vient d'on ne sait où, lors d'un trajet en voiture en compagnie d'Alexandre et de sa mère. Elle l'entonne joyeusement. Chanter la soulage et le projet de rire lui plaît. Sa mère en comprend le sens caché et fredonne avec elle : « *Il murmurait à mon oreille / Tout en me serrant dans ses bras / "Je vous promets monts et merveilles / Amour toujours, et cætera" / Il me disait avec emphase / "J'ai choisi de mourir pour vous" / Mourir pour moi, des mots, des phrases ! / Ce que j'ai choisi est moins fou / J'ai choisi de rire, de rire de tout / De rire du pire, du meilleur itou.* »

D'autres fois, elle repense aux médicaments qu'il lui a apportés pour soigner une infection, et qu'heureusement elle n'a pas pris, aux conseils médicaux qu'il a prodigués à son entourage, aux antibiotiques qu'il a procurés à un voisin et elle rit moins. Enfin, dans le double fond d'une valise, elle découvre quelques affaires et un passeport brésilien en règle sur lequel il s'appelle Ricardo. C'est son vrai prénom et celui que j'utiliserai désormais dans ce livre. Elle suit ses mouvements sur ses comptes mails, sur les réseaux sociaux, voit qu'il achète des billets pour Cracovie deux jours plus tard et ne s'étonne pas quand il annonce être de garde le soir du nouvel an. Elle l'accompagne sur le quai de la gare comme d'habitude, lui dit qu'elle l'aime et qu'il va lui manquer, et le regarde partir pour la dernière fois.

Elle lui adresse ensuite un court message où elle lui explique avoir été informée par un mail anonyme de ses mensonges, de ses autres vies et lui demande de ne jamais revenir. Il lui répond sur-le-champ, trouve des parades, des explications, l'encourage à vérifier ses diplômes au Brésil, son emploi du temps à l'hôpital, fournit de nouveaux numéros de téléphone. Il la rappelle, se fâche et dès qu'elle apporte un nouvel élément, une nouvelle preuve, il invente un scénario pour y répondre. Il s'accroche à son enfant qui naîtra bientôt, à leur amour. Mais elle tient bon. Elle change les serrures de son appartement à Paris, prévient la police, et accepte de le revoir une dernière fois dans un café en présence d'un tiers. Il se sent piégé et ne s'attarde pas. Elle ne le reverra plus jamais.

2.

Je rencontre Marianne environ un an après ces événements. C'est elle qui me contacte. Nous avons une amie commune. À ce moment-là, elle veut faire connaître son histoire et en parle volontiers. Elle dit qu'elle veut empêcher qu'il fasse de nouvelles victimes et informer celles qui le sont déjà. Il lui importe d'agir, de reprendre le contrôle de la situation.

Pourquoi, parmi les centaines d'histoires que j'enregistre, que je filme ou que je présente depuis des années à la radio et ailleurs, celle-ci m'accroche-t-elle plus qu'une autre ? Que cache-t-elle de si différent pour que je m'y plonge pendant des mois, bientôt des années ? Au départ, je ne me pose pas la question, ou très vaguement, et m'y engouffre avec passion. C'est seulement bien plus tard que je comprendrai ce qui la rend à ce point unique parmi la foule de celles que j'ai croisées, et pourquoi elle résonne en moi plus que toutes les autres.

Dès les premières minutes de ma rencontre avec Marianne, il est vrai que je me sens particulièrement touchée par ce qui lui arrive, concernée. Marianne élève son enfant seule. Je connais. Nous nous rapprochons. Nous nous voyons souvent. Pour moi, elle ne sera jamais une étrangère, un « sujet » ou un objet d'étude. Je noue avec elle une intimité particulière, mêlée d'empathie, d'admiration, et de curiosité professionnelle. Au début, j'ai l'impression que sa relation avec Ricardo n'est pas tout à fait finie. Elle jette un œil fréquent à ses mouvements sur Internet, suit sa trace, veut inverser les rôles, ne surtout pas rester une victime. En même temps, elle est bien consciente qu'elle doit arrêter de chercher. Il la recontacte parfois, continue à se justifier. Elle sourit ou se fâche, puis se ressaisit.

D'impliquée, je me sens devenir responsable, investie d'une mission que personne ne m'a confiée : essayer de comprendre comment tout ceci a pu avoir lieu. Je ne cherche pas à découvrir ce qui, chez Marianne, dans son caractère ou sa vie, a permis cette forme d'emprise. Je ne pense certainement pas qu'il y aurait chez elle une disposition spécifique à la crédulité ou à la naïveté qui la rendrait un peu coupable. En revanche, je me demande si cet homme cible un profil de victime, un type, s'il séduit certaines femmes plutôt que d'autres, s'il a un « terrain ». Je veux donc rencontrer ses autres compagnes, comprendre son mode opératoire, ses critères de choix. Il y a aussi une part de jeu, de défi, d'excitation enfantine, dans ce personnage qui m'intéresse : son plaisir à se travestir, à se transformer, à contempler son image sous mille formes ; et cette joie de gamin à braver le danger et à tenter le diable. Enfin c'est ce que je crois à ce moment-là. Je l'imagine avec un côté libertin, au sens premier du mot, qui prend plaisir à « embabouiner le monde » en se faisant passer pour ce qu'il n'est pas. Il réalise, au fond, notre désir à tous d'être un autre, de vivre d'autres vies que la nôtre. Il est cette part rêvée de nous-mêmes. Il ne se réveille jamais. Tout cela m'attire et m'aspire dans une sorte de spirale effrénée. Et je me lance dans une recherche qui va m'occuper pendant les cinq années qui suivront.

*

Je commence par explorer certains éléments réunis par Marianne. Elle me les confie comme on remet un dossier brûlant, comme on s'en défait. Elle ne me montre pas tout mais presque. S'y ajouteront plus tard des documents remis par d'autres femmes, différents témoins et ceux que je trouve moi-même sur les réseaux sociaux. Ce sont des dizaines d'images, de photos, de mails, de captures d'écran, de vidéos, que je classe avec une précision d'archiviste. Il y a des billets d'avion, des cartes de transport, des faux papiers et des vrais, des conversations WhatsApp, des sms, des photos de lui, de ses supposés parents, de gens dont j'ignore tout. Je comprends que Ricardo crée ses vies comme autant de profils numériques romanesques, ses personnages comme des héros de fiction, avec des attributs, des décors, des univers dont il travaille la personnalité avec professionnalisme et froideur. Il communique comme un *digital native* : il envoie des images sans arrêt, parfois sans aucun intérêt, mais en quantité. Il submerge d'informations, d'effets de réel. Il fournit des attestations. Il documente. S'il y a une image, si la photo existe, la réalité suivra forcément.

Dans les photos qu'il envoie à Marianne, il y a des images de couloirs de l'hôpital Louis Mourier, de prétendus collègues en blouses blanches, des vues extérieures depuis une fenêtre, un bureau avec un ordonnancier, un stylo, autant de détails qui valent par leur quantité et ce dont ils attestent. À l'occasion, Ricardo extrait un objet de son quotidien, un livre qu'elle a lui a offert, et le photographie sur un coin de table à l'hôpital. Puis il l'envoie pour lui dire qu'elle est à ses côtés, qu'il pense à elle, comme un clin d'œil, un cran en plus dans le vrai. J'essaie de l'imaginer dans les transports, en route vers cet hôpital qu'il va documenter. Dans un sac, il y a ces objets à mettre en scène, les indices, les preuves. Il longe les couloirs javellisés, attentif et discret. Il traîne dans la salle d'attente. Il s'imprègne des conversations. Il observe, il mémorise, il organise. Il a beaucoup plus de travail que Jean-Claude Romand, le faux médecin dont Emmanuel Carrère raconte l'histoire dans *L'Adversaire*. À côté, le quotidien de ce notable de province paraît bien falot, presque pépère. Ricardo, lui, a mille vies, avec des frères et sœurs aux prénoms différents, des professions qui n'ont rien à voir, des compétences à acquérir, des dossiers à compulser, des milliers de données à mémoriser. C'est pour ça, devine Marianne, qu'il se lève si tôt le matin, entre cinq et six heures, qu'il profite de ces aubes tranquilles pour mettre en place ces vies parallèles et gérer la start up tourbillonnante de ses existences multiples.

Parfois, documenter s'avère très acrobatique. Lorsque sa mère tombe soi-disant dans le coma à la suite d'une réaction à la chimiothérapie, qu'elle fait un « choc anaphylactique », il saute dans le premier avion pour le New Jersey. Tout au long de cette semaine, au chevet de sa mère ou bien avec ses sœurs et ses neveux, il appelle souvent Marianne et lui envoie de nombreux messages ou vocaux. Mais aucune image, pas de photo de lui ni de sa famille. Et pour cause. Marianne qui a pris l'habitude de ces échanges quotidiens illustrés s'en étonne. Et sans autre intention que de le taquiner gentiment, elle lui écrit qu'à force de ne jamais recevoir de photo, elle va finir par croire qu'il est toujours à Paris. Ricardo n'apprécie pas la plaisanterie. Son sens de l'humour a une géométrie variable. Il l'appelle sur-le-champ, mortifié. Lui dit qu'elle est vraiment *un monstre* d'imaginer qu'il n'est pas au chevet de sa mère mourante. N'a-t-elle donc aucune pitié pour lui en ce moment si douloureux pour faire de tels sous-entendus ? Marianne se sent mal à l'aise, elle se dit qu'en effet cette blague n'était peut-être pas du meilleur goût. Et elle s'excuse.

Quelques mois plus tôt, alors que leur relation est encore platonique et que Marianne hésite à s'y engager, elle ironise également sur le fait qu'il n'est pas très actif sur les réseaux sociaux. À sa connaissance, il n'a pas de compte Facebook ni de LinkedIn : « un vrai James Bond », plaisante-t-elle. Ricardo se présente chez elle le jour même avec son ordinateur et des explications. Ces allusions l'ont contrarié. Il doit lui avouer quelque chose d'important, de grave. Il ne voudrait pas qu'elle apprenne cette histoire par quelqu'un d'autre. Elle pourra ensuite décider de l'avenir de leur relation. Voilà, quand il avait vingt ans, avec sa petite amie de l'époque, ils sont sortis un soir en boîte de nuit et ils ont beaucoup bu. Au retour, il a conduit, très vite, passablement ivre, et ils ont eu un accident. La petite amie est morte sur le coup ainsi qu'un piéton qu'il a fauché, un père de famille avec deux enfants. Ricardo s'en est tiré avec quelques jours d'hospitalisation. Il y a eu un procès et au Brésil, précise-t-il, la loi sur la conduite en état d'ivresse est très sévère. Heureusement, en tant qu'étudiant, il a bénéficié d'un aménagement de peine et n'a été condamné qu'à des travaux d'intérêt général et une lourde amende. Mais ce sont deux vies qu'il a prises, des morts dont il est responsable, il en a conscience : il ne se passe pas un jour sans qu'il y pense. Cette histoire a bouleversé son existence à jamais. C'est pour se racheter ou du moins essayer qu'il s'est engagé auprès de Médecins sans frontières et qu'il a résolu de consacrer sa vie à tenter d'en sauver d'autres.

Il raconte sans pleurer mais ces mots transpercent le cœur de Marianne. Elle sent que ce traumatisme est profondément ancré en lui et dès lors saisit mieux ce qui l'habite, cette douleur qu'elle pressent parfois. Elle comprend certains détails qui lui semblaient flous, recolle des morceaux. Il ajoute que la famille de la jeune femme qu'il a tuée, ses frères surtout, n'acceptent pas le verdict et jugent la peine trop légère. Ils le cherchent et veulent qu'il paie pour ce qu'il a fait. C'est pour ça, entre autres, qu'il a fui le Brésil, parce qu'il n'aurait jamais pu y mener de vie normale, ni y trouver la paix. Et aussi pour cette raison qu'il est aussi discret sur les réseaux sociaux, conclut-il.

Cette fable, elle le saisira bien plus tard, est en réalité un pare-feu. Elle dramatise son existence, crée de l'empathie, du romanesque un peu *cheap*. Mais elle sert surtout à préparer le terrain à d'éventuelles découvertes et à construire une défense à venir : si un bout de vérité émergeait, si un mensonge s'échappait, ce serait forcément une calomnie de la famille de cette jeune fille, l'accomplissement de leur vengeance.

Il achève sa tirade mélodramatique en lui laissant le choix. Si elle estime que c'est un poids trop lourd à porter pour elle, qu'elle veut en rester là, il ne lui en voudra pas. Ou si elle a besoin de temps pour réfléchir, il comprendra.

Et c'est ainsi que Marianne cède et se laisse couler dans une histoire d'amour qu'elle n'était pas si pressée de commencer.

*

Nicole exerce comme psychothérapeute dans un hôpital de jour pour adolescents, au sud de la capitale, mais elle vit désormais dans l'Yonne. Je la retrouve par son travail, et nous nous voyons à Paris quand elle est de passage. C'est une grande femme aux longs cheveux blonds, aux yeux bleus très clairs avec un gros grain de beauté sur la joue : elle se donne l'air ferme, indépendante. Nous installons rapidement une connivence intellectuelle. Elle analyse son histoire avec cet homme plus qu'elle ne la raconte et je joue son jeu, y allant de ma petite interprétation. On parle boutique : je suis la documentariste, l'écrivain, elle la psy. C'est une forme d'habitude que j'ai prise de chercher avec mes interlocuteurs, que ce soient des amis, des relations de travail ou des « sujets », un lieu commun, un terrain d'entente, quelque chose que nous partageons qui va nous permettre de nous lier, pour que l'autre se sente à la maison, en lieu sûr. Dans les premières minutes de ces rencontres, c'est comme si je scannais les fréquences. En général, trouver la bonne va assez vite mais je corrige légèrement si ça brouille ou qu'il y a des interférences. Parfois je me dis que cette manière de faire est une ruse, consciente ou pas, destinée à obtenir des confidences, des informations, de la sympathie. D'autres fois, il me semble que c'est le propre d'une relation, quelle qu'elle soit, de trouver des points de contact, de nouer des liens, qu'il y a même une certaine science à faire l'archéologie de ce qui nous rassemble.

Avec Nicole, qui est sur la réserve pour ne pas dire sur la défensive, je reste donc professionnelle. Je la rencontre davantage pour son expertise que comme une victime, ce qu'elle admet être du bout des lèvres. Elle ne nie pas l'ironie de la situation, une psy en couple avec un mythomane. Mais son domaine, ce sont les adolescentes avec des troubles alimentaires, des phobies scolaires, des pensées suicidaires, pas ce type de pathologie. Et puis elle insiste sur la fugacité de leur relation, parle tout de suite des signes qui l'ont alertée et minore son engagement amoureux. D'emblée, le comportement de Ricardo lui paraît outré, sa façon d'être superficielle, *à la limite de la caricature*. Très vite, dit-elle, le doute s'installe. Sa correspondance pourtant ne le montre pas. Nicole s'adresse à lui comme à l'homme de sa vie, tout en lui reprochant de ne pas lui accorder suffisamment de place. Elle s'emporte, fait des scènes, allant jusqu'à le menacer de jeter au feu une chemise qu'il a laissée chez elle, un trophée de ses années d'étudiant auquel il tient beaucoup. Mais si, après tout, c'est d'une histoire sans importance qu'elle se souvient, je ne vois pas pourquoi je mettrais sa mémoire en cause. Peut-être a-t-elle, comme lui, joué avec les mots la comédie de la passion.

Leur pas si brève romance se noue dans un bar latino du 14e arrondissement, un soir de concert. Nicole est avec des amis, lui aussi. Elle le repère et l'entraîne sur la piste. Il proteste qu'il ne sait pas danser mais elle insiste avant de s'apercevoir qu'il est réellement empoté, et honteux devant ses copains. (Une autre femme racontera qu'il se présentait comme danseur professionnel.) Il s'appelle Daniel, il est argentin, d'origine espagnole par sa grand-mère. Son accent typique de Buenos Aires ne laisse pas de doute. Nicole a séjourné là-bas au cours de ses études et l'identifie sans peine : elle reconnaît l'argot, les intonations, la façon de prononcer les « j ». Ricardo lui rappelle terriblement son amoureux d'alors, une époque dont elle est nostalgique.

Après ce premier soir, c'est Nicole qui le rappelle. Le coup de fil lui donne des ailes, il se sent autorisé à sortir le grand jeu, orchestrant à son attention une comédie ultraromantique où il ne manque rien, des mots définitifs aux serments enflammés. Tout juste s'il ne vient pas sous sa fenêtre avec une mandoline lui jouer une sérénade. Un comportement qu'elle qualifie maintenant d'hystérique. Un romantisme de pacotille auquel elle se laisse prendre alors sans trop réfléchir.

Ils marchent la nuit sur les quais et sous les ponts, flânent sur les grands boulevards, grimpent dans les petites rues de Montmartre et mangent sur des nappes à carreaux : elle devient touriste dans sa propre ville. Son métier de médecin militaire au sein des zones de guerre donne un caractère urgent à leur relation.

Les départs déchirants succèdent aux retrouvailles fiévreuses sur fond de conflits armés, de vies à sauver. Elle voit bien que ces déplacements incessants sont pratiques, qu'ils lui servent certainement à cacher quelque chose, elle y pense par réflexe professionnel, mais elle ne sait pas quoi. Elle cherche du côté de ses capacités relationnelles, élabore sur son évitement, son inaptitude à s'ancrer dans une expérience de l'intime et sa façon de nier, m'explique-t-elle, la dimension profonde et poétique de l'amour vrai. Mais sur le moment, elle ne s'en soucie pas plus que ça. Il est enthousiaste, fougueux, à l'occasion colérique, presque violent dans sa passion. Elle dit qu'elle n'y croit guère mais trouve ça drôle et s'amuse bien.

En l'écoutant, j'en viens à douter qu'elle me parle du même homme que le chirurgien de Marianne, calme, attentif, d'une douceur extrême. La confusion se reproduira, lorsque ces deux femmes, Marianne et Nicole, se rencontreront. À l'évocation de leur compagnon respectif, elles en concluront qu'elles n'ont pas vécu avec la même personne. Il leur faudra produire et comparer des photos de lui pour être sûres : il s'agit bien d'un seul homme. Je comprends alors que Ricardo adapte à ces femmes son caractère, son comportement, jusqu'à son accent pour répondre à une attente qu'il devine, pour combler leur désir. Qu'avec un talent fou, il a trouvé ce qu'elles veulent vivre et s'y conforme. Parfois, il modifie certaines attitudes par petites touches, comme se le rappelle Marianne, qui l'a vu quitter ses airs bourgeois et ajouter une note bohème qui lui convient mieux. D'autres fois, il tente le tout pour le tout, y va à fond et ça passe. Ça ressemble aux fréquences que je scanne lorsque je rencontre quelqu'un, mais à l'échelle d'une multinationale, sans foi ni loi.

L'hypothèse se renforce lorsque je parle à une de ses conquêtes scandinaves plus éphémère qui évoque un type froid, méthodique, légèrement rigide, un idéal protestant qui lui a plu. Kasia, une des deux Polonaises, décrira pour sa part un mec cool, *rigolo*, qui fait des blagues tout le temps et fait rire sa famille. Pas de doute, le caméléon sait se fondre, s'imprégner de l'autre, guetter ses envies, jusqu'aux plus inavouées.

Une soirée que Marianne me raconte prouve que ce ne sont pas seulement les femmes amoureuses (et supposément aveugles) qui se laissent prendre, mais que l'homme a vraiment du talent.

C'est un mariage où il se rend avec sa compagne, environ un an après leur rencontre. En arrivant, la mariée leur dit : *Figurez-vous, drôle de coïncidence, qu'il y a un autre spécialiste du thorax parmi les invités ce soir. Je vais vous la présenter, c'est une vieille amie de mon mari.* La fête se passe. La mariée n'y pense plus. Marianne non plus. Mais en fin de soirée, une femme fend la foule des invités, s'avance vers Ricardo et lui tape sur l'épaule joyeusement. Marianne est à côté. *Je parie que c'est vous,* lance la femme. *On m'a dit qu'il y aurait un autre chirurgien du thorax ce soir.*

Je ne me trompe jamais. Il s'ensuit une conversation ordinaire entre deux spécialistes : ils se situent dans leur champ, parlent de leurs connaissances communes, de leur service. À aucun moment la femme n'a de doute, ou ne tique sur un détail, dit Marianne. Ils partent en se promettant de se revoir, de dîner.

Cet épisode du mariage est un de ceux que je préfère, si l'on peut dire. Je le raconte souvent quand j'explique à mes amis sur quoi je travaille, et qui est Ricardo. Car il objective son talent, le sort de la sphère intime. Son génie devient officiel, universel. Aussi je suis curieuse de rencontrer cette femme.

Marielle me confirme avoir discuté un moment avec son « collègue » de façon banale. Elle ne garde pas le souvenir d'un type très sympathique, mais plutôt crispé, renfermé, loin du gendre idéal que Ricardo incarne pour la famille de Marianne. Évidemment, on imagine pour lui un grand moment de stress. Mais comment Marielle l'a-t-elle reconnu parmi deux cents personnes ? Elle m'explique non sans humour : les lunettes, les cheveux courts, le côté propret, légèrement coincé, *un délit de faciès,* avoue-t-elle. La seule chose qui l'intrigue c'est qu'il ne soit pas venu la voir plus tôt. C'est une spécialité *très corpo.*

Il y a cependant un détail intrigant. D'après Marielle, Ricardo se présente à elle comme chirurgien vasculaire, pas thoracique, même si la deuxième spécialité englobe plus ou moins la première. Elle est tout à fait sûre qu'il ne dit pas thoracique, parce que le thorax c'est un tout petit milieu où elle connaît tout le monde et en plus il n'y en a pas dans les petits hôpitaux, comme Louis Mourier, il faut des gros plateaux. Alors, comment réalise-t-il cette acrobatie technique du thorax vers les artères, les veines et les vaisseaux ? Comment fait-il pour repérer aussi vite qu'il doit changer de spécialité en deux secondes ? Et pourquoi ferait-il ça d'ailleurs ? Se pourrait-il que quelqu'un se trompe dans son récit ? Marianne, à qui il n'aurait jamais dit thorax ? Moi, qui n'ai rien compris ? Ou Marielle qui se rappelle pourtant lui avoir demandé s'il faisait plutôt de la veine ou de l'artère, à quoi il a répondu, sans hésiter, *de la veine*. Cette confusion m'intéresse car elle est une piste, une hypothèse : à moins que Ricardo ne soit réellement chirurgien ou ait un talent encore plus dingue, il y a un moment du récit où quelqu'un a très légèrement déformé cette anecdote, quelqu'un qui à son tour a modelé Ricardo selon son désir ou sa frustration, pour en faire une histoire plus percutante, pour dissimuler une erreur ou un oubli, pour coller avec sa propre fiction. Peu importe qui, mais il m'apparaît tout à coup que le récit de cette vie de légendes n'est pas lui-même exempt de fantasmes et de projections imaginaires.

Cet incident me rappelle une expérience assez connue en psychologie sociale menée à l'Université d'Amherst, Massachusetts, en 2002. Elle consistait à mettre en présence des inconnus et à leur demander de discuter deux par deux une dizaine de minutes, certains ayant pour consigne de se montrer sous un jour agréable ou de mettre en valeur leurs compétences. À l'issue de l'expérience, 60 % des participants avaient menti entre deux et trois fois en l'espace de dix minutes, qu'ils aient reçu ou non de consigne. Ceux qui devaient faire bonne impression ou paraître compétents avaient encore plus inventé. Les hommes et les femmes avaient autant menti mais les contenus de leurs inventions étaient sensiblement différents. Les raisons pour lesquelles nous mentons varient grandement, que ce soit pour le bien d'autrui, pour ne pas blesser, éviter les conflits, ou au contraire tirer un avantage de l'autre, dissimuler une faute, une erreur. Mais la plupart du temps, nous mentons pour plaire, combler notre misère, faire exister en une ou deux phrases magiques la personne désirable que nous aimerions être.

*

Carolina est la troisième compagne que je rencontre quelques semaines après Nicole. Elle aussi se croit la seule. Avec elle, Ricardo vit à Montrouge dans un deux pièces qu'elle loue au rez-de-chaussée d'une résidence. Il s'appelle cette fois Ricardo, il est ingénieur en construction automobile et chef de projet chez Peugeot, dans l'usine de Saint-Ouen. Lorsqu'il est avec elle, il part tôt le matin dans le beau costume qu'ils ont acheté ensemble et rentre tard le soir. Et s'absente beaucoup pour inspecter les usines Peugeot du monde entier. Il est souvent stressé par ce travail qui l'absorbe énormément et par l'équipe qu'il doit encadrer. Déléguer ne lui vient pas naturellement : il vérifie tout par lui-même et finit souvent par assumer à lui seul une charge de travail bien trop importante.

Au Brésil où il a grandi, Ricardo lui raconte avoir été élevé par une nounou qu'il aimait beaucoup. Elle s'appelle Aparecida Vamos. Elle est entrée dans la famille le jour où la mère de Ricardo, avocate, l'a trouvée en larmes à la sortie du tribunal. Émue par son destin tragique (dont Carolina a oublié les rebondissements certainement romanesques), l'avocate l'a défendue puis prise sous son aile, avant d'en faire sa bonne et la nounou des enfants. Sur les photos d'Aparecida Vamos que Ricardo montre à Carolina à l'appui de son émouvant récit, la nounou est incarnée par sa véritable mère, qui s'appelle Maria. Par contre, dans sa vraie vie, il a une tante qui s'appelle Aparecida mais qui n'est pas sa nounou non plus, évidemment. À São Paulo, les parents de Ricardo possèdent, dit-il, un appartement de standing, ainsi qu'une énorme villa au bord de la mer avec une piscine et un terrain de football. Plusieurs domestiques sont à leur service, en plus d'Aparecida (qui porte bien son nom, « celle qui est apparue »). De temps à autre, le compagnon de Carolina partage avec elle une bouffée de nostalgie et se demande ce qu'ils foutent ici comme des cons alors qu'ils pourraient être là-bas dans sa maison au bord de la piscine avec sa famille. À propos de cette maison, un détail revient à Carolina : « Elle était jaune. » Elle me dit ça et puis elle se rend compte de ce qu'elle dit et soupire tristement. Elle se trouve idiote d'y avoir cru, à la maison jaune, de s'y être vue. Mais des années plus tard, elle est encore là, indélébile, avec son terrain de football et sa piscine ovale. Les fictions de Ricardo forgent des images mentales qui demeurent avec la douceur d'un véritable souvenir ou d'un rêve agréable. Mais la cruelle désillusion se mêle à la honte d'avoir espéré cette maison jaune, qui de toute évidence n'est pas faite pour les gens comme elle.

Tout comme Carolina, je remarque que Marianne a le même souci du détail. Elle cherche à se remémorer avec précision la psychologie des sœurs imaginaires, la date de la mort de la mère, les traitements qu'elle a eus, les faits, les lieux, la façon dont les événements se sont enchaînés. Elle pourrait balayer tout ça, sachant que ça n'a jamais existé, *erase*, mais non. Comme on reconstitue un crime, elle insiste pour donner une version minutieuse de ce qu'elle a cru vivre et somme toute vécu. Et ce n'est pas seulement pour qu'on la croie, ou pour donner à voir l'étendue de l'imposture. Elle y tient. Ce sont les souvenirs de son ancien avenir.

Je prends ça comme un avertissement : je devrais faire attention moi aussi à respecter les fictions précises, les souvenirs de ces femmes, les faits et gestes de cet homme, à ne pas faire d'erreur sur les personnages qu'il a créés, ni mélanger les récits, les légendes et les doubles, les vraies preuves et les faux documents ; je dois essayer de ne pas forcer le trait non plus même si, à force, ce serait tentant, ici et là, d'arranger ces histoires, d'en rajouter ou de taire un détail. Je devine que ça ne sera pas simple de croiser les sources de ces élucubrations. Alors je me demande et je vérifie : est-ce qu'il a vraiment inventé ce détail ? Est-ce qu'il a dit ça ou est-ce que c'est sa mémoire à elle qui lui joue un tour ? Et s'il y avait des bouts de vérité ? Lesquels ? Comment ça marche tout ça ? Même si je raconte une vie de mensonges, j'aimerais que tout soit vrai.

*

Carolina le rencontre dans un café à Montrouge, en 2014, le jour de la finale de la Coupe du monde de football Allemagne-Argentine. L'ambiance est surchauffée. Elle rigole, boit des bières. C'est une fille gaie, généreuse, une brune mélancolique, toute menue et sentimentale, qui met des *ita* et *ito* à la fin des mots, *cafecito, ricardito, salsita*… Elle est née en Amérique latine mais a grandi en Espagne avant d'arriver en France il y a une dizaine d'années. Sa famille appartient à la classe moyenne, sérieuse, soudée, où tous pratiquement travaillent dans le paramédical. La patronne du café à Montrouge aime bien que

Carolina soit là. Les clients sont contents, elle se lie facilement. Ricardo la prend d'abord pour une Brésilienne puis lui parle en espagnol. Aussi couramment qu'il parle portugais, français, anglais et bientôt polonais. L'après-midi où ils se revoient, Carolina est censée garder son neveu. Ricardo propose de les emmener tous les deux au parc. Il joue au foot avec le gamin, lui paye une glace et n'en demande pas plus. Elle est émue par ces gestes, le trouve gentil, ambitieux, sérieux. Et c'est ainsi que de fil en aiguille, à la suite d'une prétendue dispute avec son colocataire, Ricardo débarque chez elle un matin avec un petit sac de voyage en quête d'un hébergement provisoire. Il dit qu'il ira chercher ses affaires plus tard, avec une voiture Peugeot : des costumes Armani, Hugo Boss, dont il parle beaucoup, et qu'elle ne verra jamais.

Carolina est secrétaire dans un cabinet d'avocats à Boulogne. Ils partagent les frais, le loyer, *limite il en fait trop*. Mais elle est rassurée par ses revenus réguliers. Leur histoire se compte en années : une, deux…

Il est fier de leur appartement modeste mais immaculé, carrelage blanc et cuisine intégrée dont il envoie des photos dans les moindres détails à sa (vraie) mère au Brésil. Les équipements ménagers surtout. *Plus tard, on ira vivre à Issy-les-Moulineaux dans un pavillon,* promet-il à Carolina. Il envisage aussi de s'installer à Manhattan où sa famille a un appartement. Il la met en garde : à New York, tout est très différent, il faudra qu'elle s'adapte, prenne ses marques, ça mettra quelques mois. Mais ce sera cool, elle pourra faire son jogging dans Central Park.

C'est dans le petit deux pièces de Carolina à Montrouge, pendant qu'elle travaille, que Ricardo reçoit Marianne, au début. Il lui dit qu'il le partage avec un ancien collègue de Médecins sans frontières. Ils ne s'attardent pas dans l'appartement mais suffisamment pour que Marianne voie qu'il a un toit, une vie. Quand il emménage aussi chez cette dernière, les objets se mettent à circuler entre ses quatre ou cinq domiciles parisiens et polonais : les cadeaux, les mots doux et même des petits plats.

Je reconstitue le trajet de certains d'entre eux. Un matin, Marianne prépare un cake aux olives pour l'équipe de nuit de l'hôpital. C'est Carolina qui le reçoit encore tout chaud, de la part de la femme de Jean-Yves, son collègue chez Peugeot. Il arrive aussi que l'une de ses compagnes laisse à Ricardo un mot doux, avec un cœur, une formule tendre, le genre de choses qu'on est content de lire sur le moment : *Passe une bonne journée. Hâte de te retrouver. À vite mon cœur.* Les mêmes formules débarquent sur le frigo de Nicole, Carolina, bientôt Kasia, adaptées en espagnol ou en polonais : *Dzień dobry, Buenos dias mi amor.* Les femmes sont émues par ces preuves d'amour.

Et puis, il y a sa bible. Quand il est avec Carolina, Ricardo ne s'en sépare pas. Il est très pieux. Sur le texte saint, il jure tout un tas de choses. Il prie debout. Longtemps. Mais quand il rentre chez les autres, il pense à laisser sa bible à Montrouge ou à la cacher. C'est une discussion qu'il a souvent eue avec Marianne : il est clairement athée, et c'est même un point de discorde avec sa famille. D'autres fois, ça déraille, il oublie la bible ou s'emmêle une seconde puis se rattrape avec une pirouette.

*

Pour le nouvel an, Ricardo organise un voyage au Brésil pour présenter Carolina à sa famille, car ils ont l'intention de se marier. Ils ont tout prévu, choisi les dates avec soin, posé leurs congés, organisé une étape dans la maison jaune, prévenu les parents bien sûr. Il a pris son passeport, acheté les billets d'avion. Ils en parlent pendant des semaines, pensent au moindre détail, se réjouissent. Hélas, quelques jours avant le départ, un imprévu chez Peugeot survient, une urgence : impossible de laisser son équipe en plan, ils ont besoin de lui. Il est dégoûté mais il doit annuler. Tout le monde est super déçu, lui en premier.

Avec Marianne, c'est l'inverse : comme elle est enceinte, il semble plus prudent d'éviter un long-courrier et de faire venir une partie de sa famille en France : son père, une de ses sœurs et un neveu. En novembre ce sera bien, un peu avant les fêtes. Après quelques jours à Paris, ils partiront faire un tour en France, descendront dans le Sud-Ouest, rencontrer la mère de Marianne. Des hôtels sont réservés, des billets de train achetés, la mère prévoit quelques visites touristiques. Le projet les occupe tous, prend du temps et une place centrale dans leurs échanges quotidiens.

Je suis sûre qu'il conçoit ces voyages avec méthode, qu'il cherche vraiment les meilleurs vols pour ses parents supposés, déniche des promotions et anticipe des difficultés qui, quoique imaginaires, se présentent très concrètement. Il faudrait inventer un mot, en allemand idéalement, qui serait le contraire de la nostalgie, de la *saudade*, pour décrire cette euphorie d'anticipation, cette délectation à se projeter et à essayer de maîtriser au mieux un futur qui, en l'occurrence n'aura jamais lieu. Un ami germaniste me propose *vorbeireitunslust*, quelque chose comme « le plaisir des préparatifs ». J'essaierai de m'en souvenir.

Souvent, Ricardo propose à Marianne de lui passer son père au téléphone. Ou alors c'est Francisco qui insiste pour lui parler. Mais elle n'est pas à l'aise en portugais et le père ne baragouine que trois mots de français. Ce serait absurde. Ça tombe bien. Mais elle aime entendre leurs discussions, comme des nappes sonores familières qui enveloppent leur quotidien.

Une fois, elle s'amuse à enregistrer une de ces conversations avec le dictaphone de son portable qu'elle pose sur la table discrètement. Ricardo est en train d'appeler son père pour lui annoncer la grossesse. Elle trouve ce moment touchant et veut en garder une trace, pour lui faire la surprise. La conversation dure une vingtaine de minutes. Marianne me la fait écouter. C'est un document sonore vertigineux, le plus stupéfiant de tous, car il donne l'impression de se trouver pleinement en présence de Ricardo, de le voir à l'œuvre. Tandis que les récits des femmes sont parfois filtrés, figés ou ressassés, ce coup de fil dans le vide offre un accès unique à une expérience directe.

Ricardo essaie d'abord de faire deviner à son père la nouvelle qu'il veut lui annoncer. Il précise qu'il a déjà essayé de l'appeler deux fois mais c'est Gloria (la bonne imaginaire, je suppose) qui a répondu. Le père semble penser à une histoire d'appartement qu'ils veulent acheter et proposer de l'argent puisque Ricardo répond : *Non papa c'est pas ça, c'est pas l'appartement, papa. Non, je n'ai pas besoin de...* Ricardo mentionne aussi la succession de sa mère qui est en cours, l'assurance-vie qu'il doit toucher. Et puis il fait son annonce : *tu vas encore être grand-père.* Moment de silence, et d'émotion. *Un garçon ou une fille ? On ne peut pas savoir... c'est trop tôt papa.* Ricardo ponctue et acquiesce avec des *hum hum*, des exclamations *si pai* (*oui papa*), des soupirs. Il a de petits rires légers, approbateurs, ou gênés. Et bien sûr les moments de silence où parle son père, pas assez en fait : quand on écoute attentivement, Ricardo ne se tait pas beaucoup. Il revient ensuite sur le voyage de novembre en France. Et reparle de leur futur appartement avec des phrases comme *en fait non elle ne veut pas baisser le prix pour l'instant.* Il finit avec *beijos pai* (*bisous papa*). Sur l'enregistrement, on entend les bruits de la cuisine, la vie quotidienne d'un couple heureux. En raccrochant, il dit que son père a pleuré.

C'est un moment dont Marianne garde un bon souvenir. En réécoutant la conversation, elle continue à se rappeler un moment de bonheur simple et joyeux. Même si elle sait maintenant que tout ça est une mise en scène et qu'il n'y avait personne au bout du fil, elle a été heureuse à ce moment-là et ce sentiment agréable traverse les années, sans être entaché de fausseté ou duperie. Elle-même en est surprise. Cette évocation m'interroge : comment cette émotion peut-elle rester intacte dans sa mémoire, pourquoi sa perception est-elle inchangée alors qu'elle repose sur une illusion ? Le plaisir, la joie, la colère, la tristesse sont-ils entièrement indépendants du vrai et du faux ? Bien sûr, lorsque je lis *Anne Karénine* ou que je regarde *Une femme sous influence*, je sais bien que rien de tout cela n'a existé, et pourtant je suis triste, je pleure, je suis émue. Même si son objet est fictionnel, l'émotion est bien réelle. La vérité n'entre donc pas en compte. Peut-être faudrait-il seulement parler d'émotions justes, d'émotions appropriées par opposition à celles qui seraient bidons, sans rapport avec leur objet ou déplacées. Il serait approprié de rire à certaines blagues mais pas de rire des autres par exemple. Ce qui, d'une certaine manière, suppose que les émotions représentent des valeurs qui existent dans le monde, comme ce qui est drôle ou pas, ce qui est triste ou non. Mais les spécialistes ne sont pas tous d'accord sur ce point.

Lorsque je m'égare dans ce genre de raisonnements, je m'aperçois que mon ami Ruwen Ogien me manque encore plus qu'à l'ordinaire. Ce philosophe drôle et brillant, auteur de livres aussi géniaux que *L'Influence de l'odeur des croissants chauds sur la bonté humaine*, aurait su me dire s'il y a des émotions vraies ou fausses ou poser la question différemment, en donnant des exemples rigolos. Il est mort en 2017, l'année où je rencontre Marianne, et depuis je suis perdue : il était l'homme le plus intelligent et le moins prétentieux que j'aie jamais connu. Ruwen relisait ce que j'écrivais quand je le lui demandais et, au besoin, il rédigeait à ma place. Ça n'est pas arrivé très souvent, mais quand ça s'est produit, ça ne m'a pas gênée de signer des textes écrits par un autre, c'était même mieux : au moins je n'avais aucun doute sur leur qualité ! Ces petites impostures m'ont fait goûter à la joie d'être un autre, de présenter de moi une version *upgradée*. Une ou deux fois, j'ai été une philosophe drôle et brillante. Je ne sais pas qui y a cru au juste, mais ça m'a bien plu.

Ricardo ne s'embarrasse pas de ce genre de questionnements, théoriques ou pratiques. Souvent, il lui suffit d'attendre, de ne rien faire, pour que les solutions s'imposent : ainsi, une semaine avant que sa famille arrive en France pour rencontrer Marianne et ses parents, les attentats du Bataclan et des terrasses parisiennes bouleversent tous leurs plans. Renata, sa sœur, est terrorisée. Son père n'est pas rassuré. Et comme au moins vingt pour cent des touristes à l'époque, ils décident d'annuler leur voyage. Pas de chance.

*

Heureusement il y a Jean-Yves.

Car rien de tout cela ne serait possible sans Jean-Yves, l'ami, le collègue, le responsable, l'associé, le confrère à l'hôpital de Colombes, le coordinateur humanitaire, le collègue chez Peugeot, le pote de toujours.

Très vite, Jean-Yves prend une place centrale dans la vie des femmes. Il peut tout faire, justifie tout, sert à tout expliquer. Pour Marianne, il est le copain chez Médecins sans frontières qui propose à Ricardo de s'installer en France, puis son coloc' quand elle le rencontre. Pour Carolina, Jean-Yves est un collègue de travail omniprésent. Par solidarité avec Jean-Yves, écarté d'une promotion qu'il méritait tout autant que Ricardo, ce dernier démissionne de chez Peugeot.

Réservée à Carolina, Jean-Yves est aussi doté d'une femme, tout aussi imaginaire, mais qui exige beaucoup de son mari et du meilleur ami de son mari. Quand Carolina tombe sur la première échographie de Marianne enceinte dans le sac de son compagnon, c'est la femme de Jean-Yves qui attend un enfant.

Jean-Yves a donné la petite image imprimée à Ricardo en lui disant : *Tiens, la première photo de ton filleul !* Jean-Yves lui-même voyage beaucoup. Il ira jusqu'en Pologne, en Slovaquie. On le retrouve en Argentine, en Espagne. Il n'est jamais allé au Brésil. Mais il aime bien les cakes aux olives.

Chaque fois que Carolina propose de l'inviter, ou de se retrouver tous les quatre au restaurant, il y a un hic. Mais un soir de 14 juillet, Ricardo propose enfin à sa compagne de rencontrer Jean-Yves et sa femme pour boire un verre. Carolina se prépare, se maquille, se met sur son trente et un. Le rendez-vous est fixé à la tour Eiffel pour voir le feu d'artifice, ensuite ils trouveront un bistrot dans le coin. Mais lorsque la jeune femme arrive au Champ-de-Mars, la foule est dense et bruyante. Elle se fraie un chemin, regarde partout, dévisage de potentiels Jean-Yves, essaie le téléphone de Ricardo qui ne répond pas, attend encore une bonne heure, sans trouver son ami, ni l'ami de son ami. Puis elle rentre, déçue, honteuse et suspicieuse. Il est là et se confond en excuses : ils l'ont cherchée aux quatre coins du Champ-de-Mars et ne l'ont pas vue, il a essayé de la joindre mais le réseau ne passait pas. La femme de Jean-Yves était très déçue. Tout le monde est reparti.

Aujourd'hui, avec le recul, Carolina pense qu'il n'a sans doute jamais mis les pieds à la tour Eiffel ce soir-là, qu'il était probablement avec une autre. Ce qui m'étonne, que je trouve à la fois triste et émouvant, c'est qu'elle n'en est pas sûre, qu'un doute subsiste. Et dans cette petite brèche infiniment humaine, il y a tout le mal qu'il a fait.

Il faut dire que Carolina est une chouette fille qui a déjà été copieusement roulée dans la farine par son premier mari. Après Ricardo, ça a continué. Les hommes qu'elle rencontre la trompent avec des femmes qui ignorent son existence, lui mentent, l'embrouillent, la quittent. Comment se fait-il que ce schéma se répète ? Quelle part y prend-elle ? Certains penseront peut-être qu'il y a quelque chose dans sa personnalité, son comportement, qui la désigne comme une femme qu'on maltraite, de la même façon que les femmes battues auraient un goût pour les hommes violents. Bref qu'elle serait vaguement coupable, qu'il y aurait un « profil de victime », un trait de caractère qui nous prédisposerait, elles, moi, à nouer des liens avec des hommes menteurs, malhonnêtes, brutaux. Évidemment, il n'en est rien. Marianne, Nicole, Carolina, les autres et moi, n'avons pas grand-chose en commun. Je ne suis pas une chic fille comme Carolina, pas si gentille et joyeuse qu'elle. Marianne est à l'opposé, cérébrale, très centrée, artiste. Socialement, nous appartenons toutes à des groupes très différents, avons des histoires, des familles, des origines diverses. Et Kasia, vous verrez, est singulière, ni le même genre de femme, ni le même milieu que les autres. Rationnelle, méfiante, passionnée, c'est une personnalité complexe.

Ce qui est sûr, par contre, c'est que ce genre d'expériences n'aide pas. Elles laissent des marques, détruisent l'estime de soi, et fabriquent une sorte de matrice. Le risque que les victimes récidivent, si on peut dire, qu'elles se retrouvent piégées dans le même schéma victimaire est décuplé par le premier traumatisme. Nous nous glissons dans cette peau comme dans un gant. L'habitude est l'autre nom de cette posture : elle s'incruste salement, comme un squatteur indésirable, un parasite. C'est ce que les psychologues appellent la « revictimisation » dont les risques sont élevés dans les cas de violences conjugales ou d'abus sexuels. La comparaison avec les victimes de Ricardo n'est pas complètement absurde : il en abuse avec une grande violence. Alors, pour sortir de ce schéma, que préconisent les spécialistes ? Faut-il se soigner ? Se battre ? Se venger ? Obtenir justice ? Agir, mais comment ? Les causes, on les voit à peu près, mais ensuite ? Je découvre pas mal de littérature sur le sujet. Des théories cognitives et comportementales expliquent notamment que la sidération et la peur d'être blessé réduisent notre capacité à nous protéger. C'est une piste intéressante qui s'appliquerait assez bien aux femmes escroquées et trompées. Pour se prémunir, certains psys préconisent notamment le « coping », littéralement « faire avec », un ensemble de stratégies, d'ajustements visant à réduire le risque de récidive : le coping adaptatif, le coping proactif et le coping défensif. Ça consiste en gros à se documenter, à être vigilant et à voir un psy. Je les trouve trop passives, je n'aime guère cet aspect du développement personnel. Il ne répond pas suffisamment à la question « que faire ? », qui me hante et à laquelle ce livre essaie de répondre, d'une certaine façon.

*

Mon enquête prend un tour singulier quand Nicole me rapporte l'épisode suivant, que Ricardo lui a confié.

À sa naissance, ses parents ne se seraient pas accordés sur son prénom. Sa mère voulait qu'il s'appelle Daniel. Son père insistait pour que son fils se prénomme Ricardo. Et ce, aurait dit le père, en hommage à Richard III. De leur désaccord, le père est sorti victorieux dans certaines versions (avec Carolina il s'appelle Ricardo et c'est son véritable prénom) et perdant dans d'autres (avec Marianne il s'appelle Alexandre, avec Nicole, Daniel). Quoi qu'il en soit, ce qui compte c'est que la fascination de son père pour le personnage de Richard III lui est restée : il le tient pour modèle, une figure tutélaire. Est-ce que Nicole a rêvé ? Ou moi ? A-t-il vraiment dit ça ?

Je retourne vérifier mais mes souvenirs sont bons : Richard III est bien ce roi tyrannique, difforme, sanguinaire, le souverain le plus haï de l'histoire d'Angleterre, assassin multirécidiviste, responsable du meurtre de son frère, de ses deux neveux (dont il essaye nonobstant d'épouser la mère). Plus troublant encore, Richard III est pour Shakespeare un être fait d'une matière informe, mouvante, un homme sans substance, condamné à se métamorphoser et voué à n'être jamais lui-même. Je relis, sidérée, le monologue de Richard de Gloucester (son petit nom avant de devenir Richard III) à la fin de la pièce *Henri VI* – qu'il finit du reste par assassiner.

« *Eh quoi ! je puis sourire, et tuer en souriant ; je puis applaudir à ce qui me navre le cœur, et mouiller mes joues de larmes factices, et accommoder mon visage à toute occasion ; je suis capable de noyer plus de marins que la sirène, de lancer plus de regards meurtriers que le basilic, de faire l'orateur aussi bien que Nestor, de tromper avec plus d'art qu'Ulysse, et, comme Sinon, de prendre une autre Troie ; je puis prêter des couleurs au caméléon, changer de formes mieux que Protée, et envoyer à l'école le sanguinaire Machiavel*[1]. »

Ces mots me glacent. À l'idée de ce qui peuple l'imagination de Ricardo, pour la première fois, je me dis qu'il est dangereux. Je reconnais ses *regards meurtriers*, ses *larmes factices*, le caméléon qui change de *forme mieux que Protée*. Soudain, il m'évoque tout à fait Richard III, destiné à se métamorphoser indéfiniment et capable d'*envoyer à l'école le sanguinaire Machiavel.*

1. In William Shakespeare, *Œuvres complètes*, trad. François-Victor Hugo, Pagnerre, 1873, 13 (p. 7-57).

Son habileté à changer de masque, à contrefaire les sentiments les plus variés, à *tromper avec plus d'art qu'Ulysse*, à pleurer, supplier, menacer, à se glisser dans la peau d'un chirurgien du thorax, d'un photographe argentin comme d'un ingénieur espagnol, à mimer ces vies dans leurs détails infimes, me terrifie. Me revient cette hantise que mon pseudo-éditeur anglais vienne m'assassiner au milieu de la nuit après que j'ai découvert qu'il avait inventé une grande partie de ses activités. À l'époque, cette sensation du sol qui se dérobe s'accompagne pour moi du sentiment d'avoir perdu toutes mes certitudes et laissé derrière moi la stabilité entière de mon existence. À partir de là, tout est possible. C'est l'argument de la pente glissante : s'il est capable de dissimuler à ce point, jusqu'où peut-il aller, que cache-t-il d'autre ? De quoi est-il capable ? Du pire, évidemment.

*

Pour l'instant, le pire dont j'ai connaissance devrait me rassurer. Au maximum, Ricardo aurait acheté une fausse carte d'identité en Espagne, commis quelques larcins au Brésil et fait plusieurs emprunts qu'il n'a pas remboursés. Les sommes ne dépassent pas quelques milliers d'euros. Aucune trace de meurtre, de fratricide ou de parricide, de tortures ou d'actes de barbarie. Ça ne minimise en rien la violence de ses mensonges, leur capacité destructrice, ni ses vols et les abus de confiance, mais ça n'en fait pas un assassin ni un tueur en série.

Que se passerait-il en revanche s'il était démasqué ? Acculé ? Jusque-là, devant la vérité, il a fui ou nié. Lorsque Marianne ou Carolina le confrontent, c'est une occasion pour lui d'inventer de nouveaux scénarios, à base de personnages jaloux, de collègues amoureuses, d'ennemis qui lui veulent du mal. À l'occasion, il anticipe ces confrontations, et creuse les fondations de sa défense, stabilise les récits comme on l'a vu.

Mais imaginons, par exemple, que quelqu'un écrive un livre sur lui qu'il ne peut pas effacer, ni réécrire, à partir duquel il ne peut rien échafauder. Jean-Claude Romand, lorsqu'il est au pied du mur, qu'il ne peut plus échapper à la vérité, criblé de dettes, n'a qu'une solution : éliminer les témoins. Il prétend certes avoir assassiné toute sa famille (et le chien) dans le souci altruiste de leur épargner la terrible découverte, mais il n'y a que lui pour s'en persuader. D'ailleurs, bien qu'il ait eu l'intention, dit-il, de se donner la mort, il reste bien en vie. A-t-il tué *en souriant* comme le héros de Ricardo, ça n'est pas dit. Mais tout me pousse à croire que la violence, le crime, constituent la réponse la plus logique à la chute du masque, à la fin de la ou des fictions.

Il est vrai que Carolina ne connaît qu'un homme calme, placide, qui met un casque sur ses oreilles lorsqu'elle s'énerve ou qu'elle demande des comptes :

il attend que ça passe. Marianne n'a aucun souvenir détonnant non plus. Mais ce sont les deux femmes qui le menacent le moins : elles ne sont ni méfiantes, ni psychologues. Avec Nicole et Kasia, c'est une autre histoire. Elles évoquent quelques éruptions d'agressivité incontrôlées, à des moments incongrus. Ricardo s'emporte de façon *a priori* incompréhensible.

Ce qui le met en fureur avec Nicole, c'est la dérision. Il est vrai qu'elle ne prend pas très au sérieux la comédie à l'eau de rose qu'il lui sert quotidiennement. Le jour où il la demande solennellement en mariage, *limite il se met à genoux*, elle trouve ça drôle et pousse la scène à fond : elle ouvre son agenda et propose sur-le-champ un petit créneau entre midi et deux le lundi de la semaine suivante, *elle a un trou.* Elle le charrie. Lui ne rit pas, se lève, lui crie qu'elle est conne, et part en claquant la porte. Quelqu'un a cassé son jouet. Une autre fois, elle s'aperçoit qu'un gros bouton du duffle-coat de Ricardo est tombé. En regardant le vêtement de près, elle voit que le bouton ne tenait qu'avec du scotch. Elle se moque de ce rafistolage cheap qui fait *limite sdf* (elle dit beaucoup *limite*). Non seulement cette remarque le rend furieux mais surtout il crie que ce n'est pas son bouton. Même s'il manque en effet un bouton à son manteau et que les autres boutons sont exactement les mêmes que celui qu'elle a ramassé, il hurle qu'elle dit n'importe quoi. *Ce n'est paaaas mon bouton !* Toute psychologue qu'elle est, ce déni d'une évidence sans intérêt la laisse pantoise. Qui sait ce que cette histoire de bouton a fait ressurgir comme souvenir, quel est cet endroit où il perd le contrôle et cesse d'être l'homme calme et imperturbable décrit par Marianne et Carolina ? Ce qu'en conclut Nicole est que sa façon d'imposer aux autres son imaginaire en dépit de l'évidence, plutôt que d'accepter de composer avec une réalité inacceptable, prend soudain une forme totalitaire. Il revendique sa liberté de manière délirante.

Quand je la rencontrerai, Kasia se rappellera une promenade dans le centre de Cracovie dans la même veine. Il fait beau, le printemps vient de pointer son nez, mais Ricardo est tendu, nerveux. Il lui reproche d'être trop sérieuse, s'agace pour un rien. Et brusquement s'en prend à ses lunettes de soleil. Il s'emporte, vocifère : pourquoi a-t-elle mis ces lunettes miroir ? Tout juste s'il ne les lui arrache pas. Il devient une tout autre personne, un type qui fait des scènes. Elle n'en revient pas : quelque chose a dû se passer qui lui échappe. Bizarre. Mais elle n'y pense plus, aujourd'hui pas davantage. Elle n'a aucune idée. J'échafaude toutes sortes d'hypothèses plus ou moins heureuses. Peut-être s'est-il vu dans le reflet des lunettes, et ce double déformé l'aurait effrayé. Ou bien il n'a pas supporté ce qu'elle dissimulait derrière ces verres, ses yeux, ses pensées, ce qu'elle sait de lui. À moins que ces lunettes à la mode dans les années 1980, à l'époque de son enfance, lui rappellent un mauvais souvenir, un traumatisme, quelqu'un. Bref, je n'en sais rien non plus. Mais je m'accroche à ces détails grinçants, ces gros grains de sable venus gripper la mécanique de ses personnages, pour me faire peur et m'inciter à la plus grande prudence lorsque j'imagine la façon dont je l'aborderais si, un jour, j'étais amenée à le rencontrer.

3.

Chaque occupation que Ricardo s'invente, photographe, ingénieur, chirurgien, médecin humanitaire, policier, recèle une double finalité : incarner un rêve universel et adapté aux femmes qu'il séduit. Et libérer du temps.

Avec Marianne, il est en formation de chirurgie pédiatrique à Toulouse une semaine par mois plus ses gardes de nuit à l'hôpital. Avec Nicole, il est en mission à l'étranger, au Soudan surtout, dont il rentre avec une odeur de poudre et d'aventure. Chez Peugeot, il part régulièrement visiter des usines en Pologne, en Chine, où il se casse hélas une jambe et se trouve bloqué sur place plusieurs semaines. À son retour, il porte un plâtre. Carolina lui a acheté des béquilles. Pendant des semaines, il marche difficilement, du moins quand il est avec elle. (Mais que fait-il des béquilles et du faux plâtre quand il change d'appartement deux ou trois fois dans la même journée ? Car aucune autre femme ne mentionne de jambe cassée ni de plâtre, *a fortiori*. Peut-être a-t-il une cachette quelque part, un local technique dans l'immeuble de Carolina ?)

J'essaie de me représenter comment s'organisent ses journées. Il se lève très tôt le matin, et profite de cette avance sur le commun des mortels pour mettre ses idées en ordre, anticiper, répéter ses rôles, se documenter. Et puis il gère, il calcule. Il apprend. Il bouge. Mais où va-t-il ? Fréquente-t-il les bibliothèques ? Les cafés ? Les jardins publics ? Doit-on se le figurer contemplatif, un brin dépressif, comme Emmanuel Carrère imagine Romand, mélancolique et solitaire, tuant ses journées sur les aires d'autoroute ou roulant en forêt ? Ou plus urbain, actif, créatif, plus Frank Abagnale, le héros du film *Catch Me If You Can* de Spielberg, inspiré de l'histoire d'un faussaire génial qui finit embauché par le FBI ? Je pencherais pour le second d'autant que Ricardo adore ce film qu'il insiste pour voir et revoir avec Marianne et Carolina – sans que cet engouement n'éveille leur méfiance. Dans ce film de Spielberg, Leonardo DiCaprio incarne un personnage fantastique qui non seulement prétend être pilote ou médecin mais réussit sans diplôme ni formation à *exercer* comme médecin et à embarquer régulièrement à bord des avions en uniforme de pilote. Il profite des facilités accordées par la PanAm à ses équipages qui ont le droit d'utiliser toutes ses lignes pour rejoindre leur poste. On dit que Frank Abagnale, entre l'âge de seize et dix-huit ans, aurait parcouru de cette façon un million de kilomètres sur plus de deux cents vols dans une trentaine de pays. Il se faisait également héberger dans les hôtels de luxe sur le compte de la PanAm.

Je me prête à rêver que Ricardo ait réussi ce genre d'exploit. Que mon imposteur ait la classe d'un Abagnale et la beauté de DiCaprio. Lui aussi soupire peut-être en songeant qu'il aurait pu faire des coups plus retentissants, des impostures de première classe, des faux qui lui rapportent des millions. Mais il ne sait qu'entortiller les femmes de mensonges, les noyer sous les mots, parler, parler. Ce n'est pas un homme d'action. Il a certes le charme latin, la taille bien prise, l'allure soignée, un côté grand brun ténébreux qui marche toujours. Mais il n'a rien d'un collectionneur, un Don Juan qui séduit et abandonne, accumule les femmes comme des victoires, des redditions. Celles que je connais ne forment pas une collection de trophées destinés à épater la galerie ou à gonfler son ego. Quant à son appétit sexuel ou ses performances, qui pourraient être un moteur pour lui, et une motivation pour ses compagnes, je n'ose guère poser de questions sur ce sujet pour l'instant, mais j'ai l'intuition que l'essentiel n'est pas là. Sa vie matérielle est déjà suffisamment complexe.

*

Quand il annonce démissionner de chez Peugeot par solidarité avec Jean-Yves, le quotidien avec Carolina s'en ressent durement. Avec les factures, le loyer, les dépenses courantes et un seul salaire de secrétaire, le couple ne s'en sort pas. La jeune femme prend donc un deuxième travail le soir comme serveuse dans un café pas loin. En plus, pour trouver un nouvel emploi, Ricardo a besoin de faire traduire et certifier conforme son diplôme d'ingénieur brésilien. Trois mille euros. Carolina les emprunte en s'endettant auprès de plusieurs amis pendant des années.

Avec Marianne et Kasia, il commence par assumer très équitablement la moitié des dépenses du ménage. Mais lors d'un voyage en train avec la première, il perd son portefeuille, donc ses cartes de crédit et son passeport. Tout refaire mettra un temps fou au cours duquel Marianne accepte naturellement de prendre à sa charge ses dépenses personnelles en plus de celles du couple. Elle s'apprête à avoir un enfant avec lui, comment ne lui ferait-elle pas confiance ?

Ce que j'en déduis, c'est que Ricardo finance une partie de son existence avec un système de cavalerie, une forme de pyramide de Ponzi qui met en jeu des sommes peu importantes : il emprunte à Carolina, à Marianne, à Kasia, à Nicole, puis rembourse ses compagnes à tour de rôle en prélevant une petite part à chaque fois. Si bien qu'en multipliant les compagnes et les emprunts, ce système ne pèse pas trop sur l'une ou l'autre. Cela étant dit, s'il ne travaille pas du tout et n'a aucun revenu personnel, je ne saisis pas comment ce système suffirait à payer ses vêtements, son portable, ses billets d'avion, ses repas quand il est seul. Autant je vois à peu près comment il gère ses vies multiples à coups de déplacements professionnels incessants et prolongés, autant leur financement reste mystérieux.

C'est comme ça que je décide de creuser cette piste : l'argent. Parmi les pièces jointes récupérées par Marianne, j'examine un relevé bancaire qu'il s'est confectionné. C'est un document rare, une pièce d'archive fascinante : deux mois de mouvements d'un compte à la BNP Paribas, destiné à être trouvé par Marianne puisque les salaires proviennent de l'APHP, l'Assistance publique des hôpitaux de Paris. Chaque ligne de crédit ou de débit est imaginée, intitulée et chiffrée à la virgule près avec une minutie et une candeur égales. Ricardo fabrique un faux et il rêve. C'est comme si je le voyais penser. Le compte est bien fourni et documente une vie à l'abri, une vie confortable, bourgeoise : fin novembre, il lui reste 5 838,80 euros et en décembre 6 463,22 euros. Le 25 du mois, il reçoit un virement intitulé « Salaire A. Public Hopital Paris » de 5 849,35 euros en octobre, puis 6 239,21 euros en novembre. Il perçoit des « Frais de déplacement » mensuels de 35 euros. Il y a deux « Remboursement prêt » et « Intérêt sur prêt » de 89,50 et 7,80 qui reviennent. Quel prêt ? Auprès de qui ? Quel montant ? Les intitulés sont vagues. Mon crédit par exemple indique ECH PRET CAP suivi de deux lignes de chiffres, notamment le montant restant dû (beaucoup). Ricardo cotise aussi à une « Assurance décès » pour 94 euros mensuels. Mais il n'est fait mention d'aucun nom d'assureur, ni de police, ou de numéro. Je me demande d'ailleurs au bénéfice de qui il aurait souscrit une assurance décès. Marianne se souvient qu'étrangement pour un homme de quarante ans, la fin de vie a toujours été un sujet d'angoisse pour Ricardo. Il est terrifié à l'idée de vieillir seul et de mourir dans le dénuement. Il pense peut-être qu'une assurance décès lui évitera de finir à l'hospice. À moins qu'il confonde avec une assurance obsèques qui le dispenserait de la fosse commune ? Plus bas, une ligne de 285,15 euros indique « Quittance EDF-GDF », un intitulé relativement éloigné des prélèvements PRLV SEPA EDF ou GRDF. Partout, les informations sont insuffisantes, imprécises ou fantaisistes. « Retrait carte bancaire »… 200 €, sur un relevé ça n'existe pas. Mes retraits mentionnent le numéro de la carte, l'emplacement du distributeur comme ça : RETRAIT DAB 2208 LECLERC ST AUN 80,00 BNP CARTE 46503828. Sans parler de la ligne nommée « Remboursement Sécu. » de 35 euros chaque mois, au lieu de VIR CPAM 75 PRESTATIONS.

Au total, les deux mois tiennent sur une seule page, chaque mois comptabilisant précisément treize opérations. Sur mon relevé de novembre dernier – et je gagne beaucoup moins que lui hélas –, il y a 53 opérations pour un seul mois. Il se peut que Ricardo ait eu un compte en banque français, mais il n'a jamais reçu de remboursement de la Sécurité sociale, ni remboursé de prêt, ou payé de facture EDF.

D'un autre côté, il faut se figurer un Brésilien arrivé à Paris depuis à peine deux ans sans parler ni écrire un mot de français. Il n'a pas de papiers, pas de couverture sociale, ni de domicile. Quelques mois plus tard, il est assez fort pour savoir qu'on dit la Sécu, l'APHP, EDF, et qu'il veut une assurance décès. Le Photoshop est habile. La clarté et l'obstination avec lesquelles il détaille cette vie imaginaire sont impressionnantes. Il laissera traîner le document chez Marianne qui y jettera un coup d'œil furtif, ne voulant pas être indiscrète. Elle verra juste le montant des salaires. Elle sera rassurée.

*

En fouillant dans ses affaires, Carolina exhume une fiche de paie qui m'apparaît autrement plus sérieuse. L'employeur est une agence d'intérim à Paris. L'intitulé du poste c'est « manœuvre », le nom de famille, Alexandre, le prénom, Ricardo. Le travail dure un mois et le salaire brut s'élève à 1 741,19 euros. Trois acomptes sont versés en liquide, 740 €, le 14 du mois, 200 € et 600 €, le 28. À la fin du mois, il reste 10,50 €. Quand Carolina exhibe sa découverte, Ricardo répond que ce n'est pas lui qui a travaillé sur ce chantier mais qu'il a prêté son identité à un autre ami, Leonardo, qui avait des ennuis.

L'agence Intérim 2000 est une de ces boutiques impersonnelles du boulevard de Sébastopol à Paris qui loue des hommes à la journée ou au mois, comme on en trouve dans les quartiers populaires des grandes villes du monde entier. Les employeurs sont peu regardants sur les titres de séjour, gourmands en main-d'œuvre et en muscles pour bâtir des tours démesurées, le Grand Paris ou les infrastructures des Jeux olympiques. Une file d'attente compacte s'allonge sur le trottoir. La porte est fermée à clef pour filtrer les hommes qui pénètrent dans la boutique un à un. Nous sommes vendredi, je comprends que c'est le jour de paie ou d'acompte. Aucune chance de parler à l'employée qui se barricade contre la misère, même si je fais la queue. J'y retourne le mardi suivant avec la fiche de paie. La jeune femme habitée par l'extrême confidentialité de sa mission me salue, sceptique, derrière un comptoir qui dissimule ses mains. Je lui montre le document et lui demande si elle peut le retrouver dans son système. J'aurais souhaité consulter un document *classified* de la CIA que ça n'aurait pas été plus top secret. Pour l'amadouer, je lui raconte avec emphase l'histoire de ces femmes, la rouerie du gars, j'essaie de faire vibrer sa corde féministe. Raté. Sa réaction est sans appel : si elles n'ont rien vu c'est qu'elles ne voulaient pas voir. Il y a des signes qui ne trompent pas. Si on cherche, on trouve. Sûr que c'est méchant pour les femmes ce qu'il fait, ajoute-t-elle, mais c'est comme les filles qui sortent avec les mecs mariés. Elles l'ont bien voulu.

Comme il n'y a personne dans la boutique, je tente un autre biais : je lui pose des questions. La guichetière vient d'une famille ouvrière, son père est électricien, son mari boucher, à Boulogne. Lui, c'est un flambeur, mais elle, elle a les pieds sur terre. Dans son travail, des identités floues ou multiples, elle en voit tous les jours : des Sénégalais ou des Maliens qui changent d'identité comme de chemise, des papiers pas très catholiques, des baratins en tous genres. Elle se souvient même d'un Brésilien qui se faisait passer pour prêtre et prêchait la bonne parole sur les chantiers. Je lui raconte des bribes de ma vie aussi, qu'on soit quitte, mais je l'écoute surtout. Elle se détend. Pas trop non plus. À la fin, elle consent à pianoter sur son ordinateur antédiluvien. Ricardo a bien travaillé pour l'agence sur un chantier pendant six mois en 2014. Elle voit qu'il demande des avances toutes les semaines. Et que l'employeur est une grosse entreprise du BTP. Je brûle de connaître le nom de la société, lui explique que ce serait tellement intéressant de trouver quelqu'un qui a connu cet homme dans une vraie vie, qui pourrait me dire qui il est en réalité, un camarade, un chef de chantier, un collègue… Mais les entorses de l'employée au secret défense s'arrêtent là. Je n'en saurai pas plus. Une fois mon impatience retombée et ma déception digérée, je comprends que la prévention de cette jeune femme ne fait que masquer toutes sortes de pratiques illégales que son intégrité l'empêche de divulguer.

Car techniquement, Ricardo comme bien d'autres intérimaires est sans papiers : son visa de touriste, s'il en a eu un, a dû expirer depuis longtemps. En conséquence, il n'a pas le droit de travailler, et pis, il est expulsable. La fausse carte d'identité espagnole qu'il s'est procurée ne résisterait pas deux minutes à un contrôle de police. Il s'en sert pour circuler dans l'espace Schengen car elle est uniquement contrôlée par les compagnies aériennes qui vérifient que l'identité du voyageur correspond au nom sur le billet. Sur cette carte, il est domicilié à côté de Valence et s'appelle Ricardo Alexandre Coello. Le document porte aussi le nom de ses parents : un z apparaît curieusement à la fin du nom de sa mère, « Vamoz » au lieu de « Vamos ». En réalité, ces consonnes ne se promènent pas par hasard : c'est exprès qu'il écrit son nom de famille Coello parfois avec un « l », d'autres fois avec deux « l », ou bien un « h ». De minuscules variations orthographiques qui façonnent par petites touches un système de brouillage administratif. Elles permettent de plaider la coquille – oups, une erreur s'est glissée subrepticement ! – tout en causant un véritable affolement informatique. Le langage binaire n'a aucune imagination. Entre un z et un s, avec ou sans h, ce sont à la fois des personnes complètement différentes, mais possiblement semblables, ni tout à fait les mêmes ni tout à fait d'autres.

Pour retrouver une existence légale, le plus simple serait évidemment de se marier, ce qu'il envisage théâtralement avec chaque compagne et plus ou moins de succès. Plusieurs entament des démarches auprès de leur mairie. Carolina s'arrête en chemin, aiguillée par une heureuse intuition. Marianne et Ricardo se rendent à la paroisse du quartier pour une préparation aux sacrements. La jeune femme n'est pas pratiquante, à peine croyante, mais elle aime bien le père Emmanuel Tois, un ancien magistrat qui se frotte les mains avec componction en se rappelant cette rencontre dont il garde une « petite blessure d'orgueil ». Comme juge d'instruction au pénal pendant seize ans, c'est une habitude qu'il avait bien ancrée de ne pas prendre pour argent comptant la parole des prévenus. Bien qu'il ait changé de job, le père Tois reste choqué de ne pas avoir décelé la moindre contradiction au cours des deux longs entretiens qu'il a eus avec Ricardo. Il en est quasi admiratif. Des rencontres d'une heure, une heure et demie, au cours desquelles Ricardo lui parle de son père, juge à Rio, de sa famille fort croyante et se montre surpris de ne pas se faire virer quand le curé comprend que Marianne est enceinte. Au Brésil, ils sont très stricts sur ce point. Avec le recul, il est vrai que la réaction de soulagement de Ricardo était légèrement outrée, concède le père Tois, mais sur le moment il n'y trouve rien d'anormal.

En écoutant ce prêtre encore impressionné qui exagère un brin, à son tour, le talent fou de Ricardo, je me rends compte qu'il y a deux catégories de victimes. Celles qui en concluent : *waouh le type est fort, quel génie, c'est fou !* Et celles, des femmes pour la plupart, qui après coup se rendent à l'évidence : *Quelle cruche ! Comment j'ai pu être aussi naïve ! Pauvre conne !* Ces dernières ajoutent souvent, pour garder un semblant de dignité, qu'elles se sont vite méfiées, qu'il y avait quand même des signes. Le curé fait partie des premiers. « Quand j'ai appris qu'il avait plusieurs vies, me dit-il, je suis vraiment tombé par terre. J'ai compris que j'avais été complètement séduit par cet homme charmant qui a joué un rôle parfait. »

Lorsqu'il était étudiant en droit, il se trouve également que le père Tois a planché sur la question du mensonge en droit pénal. Il m'explique que mentir n'est pas, en soi, une infraction. Même si le mensonge peut être constitutif d'une escroquerie, en tant que tel, il ne peut être incriminé. On ne peut pas aller dans un commissariat en disant : « Je viens porter plainte parce qu'Untel m'a menti. »

L'homme d'Église en tire malgré tout une belle leçon : « C'est beau la confiance », me dit-il sans ironie. À moi, il me semble que celle de ces femmes est sérieusement écornée, mais je crois que je comprends ce dont il parle. Il pense à cette envie de croire sans réserve qui est le revers du besoin de mentir. La confiance, ce n'est pas seulement le mot que répète Ricardo à ses victimes pour les endormir, c'est croire et vouloir croire à une fiction d'amour, une romance inscrites quelque part dans notre ADN, avec les mots qui font marcher, les gestes *cheap* mais vendeurs, et les bons sentiments qui illustrent une chimère pas encore déconstruite. Le curé l'habille d'un sens chrétien, mais Nicole lorsqu'elle rompt avec Ricardo a bien compris la différence entre ce qu'on dit et ce qu'on éprouve : elle sait désormais que les mots d'amour ne sont pas l'amour et s'en veut d'y avoir cru ou voulu y croire.

En me quittant, le père Tois me confie qu'il pense souvent à cet homme. Il m'encourage à le retrouver, à lui parler, à percer le secret de ce qui le hante. Et puis, dit-il, *j'espère que vous le ferez pour que les dégâts cessent.*

J'ignore si retrouver Ricardo m'aidera à percer son mystère, et s'il en a un, mais je retiens que je ne dois pas perdre sa trace, qu'il me faut au moins le localiser sous peine de le voir disparaître à jamais derrière un écheveau d'identités fictives entortillant de nouvelles victimes. Je me convaincs que je dois poursuivre cette enquête pour empêcher à mon tour qu'il fasse de nouvelles victimes, parce qu'après ce sera trop tard. Mais je vois bien que cet homme m'intéresse pour des raisons plus obscures, que je cherche quelque chose de plus vague et de plus diffus. J'aimerais savoir s'il y a quelqu'un qui habite à l'intérieur de ce corps, si on peut déceler chez lui des traces d'émotion, de sentiment. Peut-on découvrir d'où vient le mal ? Y a-t-il un début et possiblement une fin ?

Les récits et les détails affolants se multipliant, je me rends compte que cette histoire embrasse en réalité un grand nombre de celles que j'ai racontées ou croisées jusqu'alors dans mon métier de documentariste, journaliste ou auteure, appelez-le comme vous voulez : elle en reprend la plupart des thèmes, les absorbe et les recycle. Puis elle se régénère et renaît sous de nouvelles formes, inattendues et fascinantes. C'est un récit qui contient tous les autres, et ne s'arrête jamais. Ce sont mes mille et une nuits.

Un message vocal reçu par Marianne plusieurs mois après leur séparation m'encourage encore à poursuivre mes recherches : Ricardo lui propose tout bonnement de repartir à zéro. « Donne-moi une chance de faire bien les choses, tu ne le regretteras pas. Le passé c'est le passé. Mais l'avenir on peut le changer. » Il ne doute de rien. Selon les moments où elle en parle, la jeune femme en sourit ou en éprouve un certain découragement, mais elle garde généralement à son égard un sentiment maternel, une forme de tendresse apitoyée, que ne comprennent ni ses proches ni sa famille. Curieusement, elle ne lui en veut pas. C'est au cours de cet échange qu'il mentionne un « *corporate flat* » dont il disposerait « en Slovaquie » où Marianne pourrait le rejoindre. On ne sait pas à quelle *company* appartiendrait le *flat*, mais c'est une indication géographique. Si ça tourne mal pour lui en Pologne, où elle le localise pour la dernière fois, c'est là qu'il bougera.

*

Kasia est la première Polonaise qu'il rencontre. Elle vit à Cracovie mais, pour l'instant, elle est introuvable. Il se peut qu'elle m'évite, qu'elle ait tourné la page, qu'elle ne souhaite pas me parler, en tout cas elle semble avoir disparu.

Je me mets donc à m'intéresser à la Pologne avec beaucoup d'application. J'achète des livres, je cherche des contacts, je regarde des films. J'essaie de comprendre dans quel état est ce pays, pour mieux saisir le contexte dans lequel vivent cette femme et la deuxième Polonaise dont j'ai entendu parler. Ce que je découvre est sombre : une société relativement fermée, xénophobe, méfiante ; un gouvernement conservateur et ultracatholique. Au sud du pays, pas loin de la Slovaquie, Cracovie apparaît comme une ville provinciale plus ouverte où vivent énormément d'étrangers travaillant dans l'*outsourcing*, une forme de délocalisation du travail dans laquelle ce ne sont pas les usines qui sont déplacées au Bangladesh ou en Chine mais les services qui sont externalisés à l'étranger. Des départements entiers d'entreprises, de la maintenance informatique aux ressources humaines en passant par la comptabilité, sont pris en charge par des Polonais ou des étrangers vivant là sans protection sociale, peu rémunérés mais pleins d'énergie, mobiles, jeunes, polyglottes, *teambuildés* et de plus en plus télétravailleurs. Au début des années 2010, Cracovie est considérée comme la « capitale européenne de l'*outsourcing* ». Les deux jeunes femmes polonaises que Ricardo rencontre travaillent apparemment dans ce genre de société, assurances et marketing.

Après des semaines de messages sans réponse, de rendez-vous annulés ou repoussés, un voyage en Pologne, des heures que je passe à l'attendre dans un hôtel de Cracovie, Kasia accepte enfin de me parler une demi-heure dans sa voiture, sur le chemin de l'aéroport au moment où je dois repartir. Je mesure à cela l'étendue de sa peur, de sa honte et celle de mon obstination. J'insiste en lui expliquant que je crois aux vertus de la parole, du partage, à la possibilité d'être réparé, même si ces mots semblent pompeux et que mon projet est encore confus.

Les mois passent, les années même, et avec le temps, Kasia baisse la garde et se confie davantage. Je lui parle d'un projet de film sur Ricardo que j'imagine. Je découvre une jeune femme déterminée, mue par une haine étonnante, qui finit par entrevoir que je pourrais être l'instrument de son talion. En dehors des autres femmes avec qui elle a échangé, elle n'a jamais parlé à personne de ce qui lui était arrivé avec cet homme. Mais, au fond, elle voudrait bien qu'il paie pour le mal qu'il a fait, que ses actes ne restent pas « sans conséquence ». Elle évoque avec délectation les châtiments auxquels elle a songé et qu'il pourrait subir. Elle le voit bien travailler à la mine, faire des travaux forcés sur les autoroutes ou même ramasser les ordures. Mon idée de film pourrait aussi faire le job : elle y voit une punition possible, ou une forme de justice. Elle veut que je montre son visage, que je l'affiche, que je remette à zéro les compteurs de la honte et de l'humiliation.

Prendre un rendez-vous avec elle reste cependant un job prenant qui exige une vingtaine de sms ou de vocaux, deux ou trois reports, des changements d'horaires, de lieux, des propositions d'annuler, jusqu'à la dernière minute, ou de reporter *sine die*. Kasia est méfiante et se définit ainsi. Elle appelle ça être « analytique », elle utilise souvent ce mot. Ça veut dire qu'elle analyse ce que les gens lui disent, qu'elle vérifie qu'ils redisent pareil, et fait des recoupements.

Je finis par comprendre que durant sa vie commune avec Ricardo qui dure plusieurs mois, elle reste vigilante, aux aguets. Elle ne laisse jamais traîner son portefeuille. Lorsqu'il se présente comme diplômé de Harvard, elle demande à voir son diplôme. Il produit un vague truc photoshopé qu'elle considère avec suspicion puis vérifie les annuaires d'anciens élèves. Elle ne l'y trouve pas, continue ses recherches. Il se dit ingénieur dans les télécoms, travaillant pour le géant américain AT&T. Elle épluche les organigrammes. Quand Ricardo part en voyage, elle demande à voir ses billets d'avion et appelle les compagnies pour avoir les listes de passagers. Rien ne colle vraiment mais le doute prévaut, et à l'intérieur de ce doute se glisse toute sa détermination à se lancer dans une histoire qui ne repose pas sur la confiance mais sur sa volonté d'avoir cet homme-là, de vivre à tout prix un amour pas comme les autres qui ressemble à son idéal.

On imagine toujours que les femmes trompées, abusées, escroquées, ne « veulent pas voir » ou « savaient » d'une certaine façon. Je crois plutôt qu'elles ont peur et que cette peur panique devient une seconde nature qui fait écran tout autant qu'elle aiguise la méfiance. Et je parle d'expérience. Je n'ai pas beaucoup pratiqué le « coping proactif » : après les mythomanes plus ou moins psychopathes, j'ai enchaîné avec les infidèles de toutes espèces, les collectionneurs, les suractifs sentimentaux, les hommes mariés trompant leur femme autant que leur « maîtresse », quand ils ne trompaient pas leur « maîtresse » avec leur femme, disait l'un d'eux, assez fier de son trait. Des profils petits bras comparés à Ricardo, mais des expériences cuisantes quand même, et répétitives.

Une autre fois, Kasia ne le trouve pas sur le vol à destination du Japon qu'il dit avoir pris. Alors elle fouille. Dans ses affaires, elle trouve un passeport brésilien alors qu'il se dit argentin. Il met alors en scène une confession spectaculaire, comme nous en avons désormais l'habitude, dans laquelle il avoue être né brésilien mais avoir été ensuite adopté par une famille argentine. Il ne lui a pas dit ça avant car il avait honte d'être un enfant adopté. *Il avait honte d'être adopté,* s'indigne-t-elle, *mais il n'avait pas honte de me mentir.*

À trente-trois ans, Kasia est encore célibataire. C'est la seule, parmi ses amis, ses collègues, dans sa famille, à ne pas être mariée. La pression est forte. Elle veut un mariage, des enfants, une famille, vite. Il comprend ça en deux secondes. La première fois qu'ils se voient à Paris où elle est en voyage, Ricardo lui donne rendez-vous au pied de Montmartre. Ils ont matché sur OkCupid, un site de rencontre au nom soi-disant drôle mais étrangement prémonitoire. Il est élégant, souriant, posé, *un vrai prince de conte de fées*. Ils gravissent gaiement les marches qui mènent au Sacré-Cœur et arrivés en haut, il lui propose en riant de se marier là. La blague donne le ton. Ils entrent dans la basilique, en font le tour et se prennent en photo. Puis il l'emmène sur les Champs-Élysées et en traversant, à un passage piéton, il lui prend la main et l'embrasse.

Il doit sentir qu'avec elle il faut frapper vite et fort. Il fait donc mourir son père dans un accident de voiture et il plonge sa mère dans le coma dès leur premier week-end ensemble, romantiquement planifié à Ostende, sur les plages du Nord. Au matin, le couple est encore dans le sommeil de leur première nuit que le téléphone sonne. C'est son oncle qui lui annonce la nouvelle. Ricardo est anéanti. Il tremble, parvient à peine à articuler quelques mots. Ils rentrent sur-le-champ. Dans la voiture, Ricardo passe et reçoit de nombreux coups de fil entrecoupés de sanglots. Quand elle songe aujourd'hui qu'il n'y a personne au bout du fil, que les sonneries de téléphone sont sans doute des alarmes préréglées, qu'il parle et pleure dans le vide, elle en frémit encore. Mais sur le moment, elle est sous le choc. Sa mère entre la vie et la mort, Ricardo vole à son chevet à Buenos Aires où elle meurt dans la semaine.

Enfant unique, avec elle il s'appelle Alexander et il est désormais orphelin. Ses parents (adoptifs donc) possèdent une ferme dans la pampa et un appartement à Buenos Aires où son père était procureur général. Il en devient l'unique héritier. Un litige sur la succession avec les oncles et tantes permet toutefois de retarder l'arrivée du moindre argent.

En rentrant à Paris, Ricardo reçoit une offre d'emploi alléchante aux États-Unis. Il n'a plus de raison de rester vivre en France et demande à Kasia de prendre une décision urgente. Soit il accepte ce job et part vivre à New York. Elle le rejoindra si elle veut. Soit il y renonce pour vivre avec elle à Cracovie et travailler en free-lance. C'est à elle de décider. Sauf qu'il sait pertinemment que Kasia sera déchirée, qu'elle ne peut pas laisser sa famille, ses parents, sa sœur, si loin d'elle. En Pologne, la famille, c'est la vie. Il refuse alors cette opportunité incroyable pour elle : un renoncement terriblement flatteur et culpabilisant. Ils en profitent pour s'installer ensemble dans la banlieue de Cracovie. Ils se sont vus quatre fois. Il a tout quitté pour elle.

Fin 2015, le couple vit dans un studio de 37 mètres carrés. Il aurait voulu quelque chose de plus grand, dans le centre, il lui a envoyé des liens, proposé des visites mais elle l'a douché, *on fait avec ses moyens*. Elle paie le loyer, il participe aux dépenses et s'absente souvent pour son travail. Une seule fois, il lui emprunte cinq cents euros qu'il lui rend quand elle les exige. Il l'appelle « ma femme » bien qu'ils ne soient pas encore mariés, ne mégote pas sur les lieux communs qui font du bien. Il se coule dans la vie de sa famille, plaisante avec sa mère, sympathise avec sa sœur, entreprend le beau-frère, le chauffe pour *monter un truc,* parle mariage, enfants. C'est le premier petit ami qu'elle leur présente.

Dans cette vie-là, Jean-Yves est américain et il se prénomme Bill : il est l'associé de Ricardo et son ami d'enfance. Il vit à New York. Tous deux travaillent dans l'entreprise de télécom qu'ils ont créée récemment. Ils échangent sur WhatsApp sans arrêt, surtout la nuit. Ricardo est scotché à son téléphone. Bill prête aussi de l'argent en cas de pépin, lui en emprunte parfois, d'où les trous de caisse de temps à autre. Bill participe évidemment aux nombreux *conference calls* que Ricardo organise depuis l'appartement de Kasia, où il télétravaille, même si le mot n'existe pas encore. Une fois Kasia a vu sa photo sur le téléphone : beau gosse, un acteur sûrement.

Plus tard, quand elle découvre la vérité sur Ricardo ou du moins ses mensonges, Kasia non seulement ne dit rien à sa famille mais elle invente à son tour qu'il a été muté aux États-Unis, qu'elle ne peut pas le suivre. Lorsque je la revois à Cracovie, que nous passons parfois des journées entières ensemble à discuter de ce possible film, elle ne mentionne jamais nos rendez-vous à son nouveau petit ami. Elle trouve des prétextes pour combler son emploi du temps. Elle ne lui a pas parlé de Ricardo non plus. Sa honte n'a pas de fin, sa colère est intacte. Maintenant, quand elle rencontre un homme, elle vérifie encore plus et me conseille de faire ça, car elle ne comprend pas que je ne cherche pas à être en couple. Vivre seule, pour elle, c'est une catastrophe pas naturelle. Kasia est inscrite sur cinq sites de rencontre, y passe deux à trois heures par jour. Elle y déniche essentiellement des informaticiens, des *geeks* qui veulent une copine sans rien céder de leurs habitudes d'ados. Avant elle adorait voyager. Elle a *fait* trente-cinq pays. Mais voyager, ça ne fait pas avancer son projet : elle veut employer tout son temps libre à le mener à bien. Elle m'envoie des liens vers ces sites, me prodigue force conseils. Elle a des critères d'une précision tranchante : pas de divorcé, pas d'enfant, pas de Polonais (tous ennuyeux ou étroits d'esprit), un mètre quatre-vingts minimum et surtout *rigolo,* un point essentiel pour cette jeune femme étrange qui fuit l'ennui polonais tout en restant *analytique*. Par contre avec le temps, elle s'est résolue à réviser certains standards : désormais, elle accepte les chauves.

Après Ricardo, son nouveau *match,* un Suisse qui cochait toutes les cases, l'a quittée quand elle a voulu l'emmener vivre en Pologne. Ensuite, il y a eu un autre informaticien qui l'a invitée aux Baléares et l'a fait rire. Jusqu'au jour où elle s'est aperçue qu'il était déjà marié et avait une famille en Italie, moins *rigolo*.

*

Au bout de plusieurs mois de vie commune, un dimanche qu'ils vont déjeuner dans un *mall*, Kasia, toujours en quête de ce qu'elle appelle des « preuves », s'aperçoit que Ricardo a laissé son portable dans la voiture. Elle retourne au parking, prend l'appareil et se rend aux toilettes. Pourquoi ne le consulte-t-elle pas dans le parking ou ailleurs, je ne sais pas bien... Mais elle se souvient du code car c'est elle qui lui a donné le téléphone. Planquée dans son étroite cabine à la porte ajourée, elle voit alors défiler une dizaine de conversations avec des filles en Pologne, en Slovaquie, en Italie, en France, en anglais, en espagnol, en portugais, et même en polonais. Elle ne prend pas le temps de les lire en détail mais convaincue de détenir des éléments accablants et circonstanciés, elle file au restaurant exhiber sa découverte à Ricardo. Sa parade est un classique de la perversité, avec sa petite touche narcissique bien connue. Tout cela, martèle-t-il, c'est de sa faute à elle. Elle ne lui fait pas confiance, il voit bien qu'elle se méfie, l'espionne, qu'elle doute de lui et de la sincérité de son amour. Peut-être même a-t-elle d'autres relations. Comme il n'est pas certain des sentiments qu'elle éprouve pour lui, qu'elle refuse de s'engager, qu'il sent constamment ses réticences, il parle à d'autres femmes pour se rassurer, se consoler, par dépit.

La manœuvre fonctionne bien, il y met l'énergie nécessaire et la passion qu'il faut. Et la voilà quasiment en train de s'excuser, jurant qu'elle cessera de le soupçonner, qu'elle va lui faire confiance désormais. L'épisode en reste là. L'homme qui se dit maltraité, soupçonné, voire délaissé, part ensuite au Japon travailler sur les réseaux électriques d'une plateforme pétrolière. Comme toujours, il envoie à Kasia une profusion d'images pour illustrer son quotidien. Il y a cette photo vraiment minable où on le voit allongé sur une pauvre couverture sombre avec des vagues idéogrammes dessinés en rose, censée signifier « je suis au Japon ». Et une vidéo floue d'un chantier *off shore* balayé par des rafales de vent. Grâce à une fonction de Google qui n'existe plus, Kasia, qui a vite oublié sa promesse, en retrouve la source en deux secondes : rien à voir avec le Japon, c'est une plateforme au large du Danemark, dans la mer du Nord ; les paroles qu'on entend sous le vent saturant sont en danois. Et là pareil, il fournit tout de suite une explication désarçonnante : ce qu'il a filmé était raté, il a trouvé ces images sur Internet qui sont bien mieux et illustrent exactement son travail. C'est l'histoire de sa vie : quand le réel ne convient pas et qu'il peut trouver mieux, pourquoi s'en priver ?

Au cours de cette absence, Kasia déniche un autre téléphone qu'il a laissé chez eux. Est-il seulement imprudent ? Se croit-il invincible, indestructible ? Ou s'attend-il au contraire à ce qu'elle trouve ce portable pour élaborer une énième histoire, ou l'accuser à nouveau ? Elle ne saurait le dire, peut-être un peu de tout ça, à quoi il faut ajouter sa méfiance à elle, qui la pousse à chercher. Un numéro français revient sans cesse. Kasia masque le sien et l'appelle une fois, deux fois, trois fois, jusqu'à ce qu'apparemment lassée, une femme à fort accent espagnol décroche. Elle ne comprend pas ce que Kasia lui raconte. Ni quel est ce fiancé dont elle lui parle. Le sien est en train de rentrer du travail, *J'arrive*, a-t-il écrit à l'instant.

La conversation ne dure pas, mais les deux femmes restent en contact, déterminées à éclaircir cette étrange affaire de numéro de téléphone. Y a-t-il un ou deux hommes ? Et qu'est-ce que c'est que cette histoire de voiture Peugeot que lui raconte cette femme en France ? se demande Kasia. De Japon et de Pologne que lui narre cette Polonaise ? s'interroge Carolina. Les jours suivants, elles s'adressent des liens, des documents, et surtout des photos révélant peu à peu le tableau. Bientôt, il n'y a plus d'équivoque, Kasia admet que Ricardo a une autre compagne en France, mais ne renonce pas pour autant. Elle se résout à lui accorder du temps pour qu'il arrête, qu'il change.

Elle caresse sans doute l'espoir qu'entre les deux, il la choisisse, elle. Il est en période probatoire. Ce n'est pas tellement lui qu'elle veut sauver, c'est son plan de vie.

En même temps, Kasia s'est fait une idée de Carolina qui l'inquiète : elle l'estime *moins exigeante et plus naïve qu'elle.* Raison pour laquelle Ricardo se sentirait plus en sécurité avec elle. *Et puis elle paye tout*, ajoute la jeune femme analytique. Peut-être même qu'elle accepte ses mensonges, qu'elle ferme les yeux en attendant qu'il change *pour elle* ?

C'est à ce moment que Kasia s'invente un double, Andrea Zuccherini. Elle lui crée des profils sur différents réseaux sociaux, afin de surveiller les mouvements de Ricardo et d'entrer en contact avec une seconde Polonaise, Beata, qui vit aussi à Cracovie et semble dans une relation durable avec Ricardo. Sur Facebook, elle déniche des images du couple en vacances, en amoureux, dans leur vie de tous les jours.

Kasia/Andrea ne résiste pas très longtemps. En mai, elle a perdu espoir, elle ne croit plus à rien : Ricardo vit toujours avec Carolina, ainsi qu'avec cette autre Polonaise ; de nouvelles conquêtes apparaissent, elles sont en cours, si on peut dire. Kasia le vire donc sans ambages de leur 37 mètres carrés d'amour, récupère les quelques sous qu'il lui doit, et tire un trait sur cette romance. Rayée.

*

Le soir où Carolina reçoit le premier coup de fil de Kasia, voilà ce qui se passe en réalité de son côté. Bouleversée quoique moyennement surprise, la jeune femme éteint toutes les lumières de l'appartement de Montrouge, se campe dans un fauteuil et attend dans le noir. C'est sa façon de dire que ce jour est un jour sombre, que son âme est comme cette pièce, noire de chagrin et de mélancolie. Ricardo fait un bond quand il la découvre, impassible, les bras croisés comme Anthony Perkins dans son fauteuil hitchcockien. Mensonge suit. Elle encaisse. Et se met à fouiller.

Elle tient aussi à se distinguer de Kasia, pour laquelle elle éprouve, de son côté, une subtile pitié. *La Polonaise, elle, était folle amoureuse de lui*, me dit-elle. *Ça lui a fait vraiment du mal. Elle était humiliée, et très en colère*. Entre eux, me confie-t-elle, les choses sont différentes, ils sont ensemble depuis plus longtemps. Elle est la seule, par exemple, qui a vu ses vrais papiers. La seule qui a parlé à sa vraie mère un jour au téléphone. C'était au nouvel an, il était grippé, fiévreux, il a dit à sa mère qu'elle s'occupait bien de lui. D'une certaine façon, me dit-elle, *il me respectait plus*.

Carolina prenant pitié de Kasia me fait penser à ces reclus décrits dans *Asiles* du sociologue Erving Goffman, prisonniers, détenus dans les camps ou enfermés en milieu psychiatrique, et qui cherchent sans cesse entre eux des différences : *Moi ça va, mais eux à la section d'à côté, c'est vraiment dur*, ou bien *Moi encore c'est supportable mais lui là, il souffre terriblement, il est réellement fou, il a subi les pires sévices*... Cette façon de se protéger en minorant sa douleur, de se distinguer sans s'apitoyer sur soi, de trouver pire que soi pour se sentir mieux, cet orgueil des perdants permet à Carolina de rester en vie, de ne pas s'effondrer d'un bloc. Mais à vue de nez, elle n'aide pas à se reconstruire.

Enfin, il y a l'embrouille de trop, une obscure histoire de valise perdue dans la voiture de Jean-Yves, de mission à Aix-en-Provence, de sonnerie dans le vide, *y avait pas de réseau, désolée Nena*. Pourquoi cette fois plutôt qu'une autre lui paraît compliqué à élucider. Mais dès son retour, Carolina lui demande de partir. Il quitte l'appartement *avec deux trois petites affaires* : il ne possède presque rien. Le soir même, il la rappelle et la supplie de le reprendre. Il dit qu'il a froid, qu'il n'a aucun endroit où dormir, que même un clochard, même un chien on le laisse pas dehors comme ça. En attendant, il est allé s'asseoir aux urgences de l'hôpital Bichat. Et c'est vrai qu'il fait froid, qu'il n'a pas un sou et ne sait pas où aller. Carolina le laisse passer encore une nuit chez elle et au petit matin, il part avant qu'elle se réveille. S'ensuivent de longs mois où elle dépérit, perd du poids, se noie dans la tristesse et la mélancolie.

*

Quatre mois plus tard environ, après que chacune des femmes a découvert de façon différente que son compagnon lui mentait, Marianne, Carolina, Kasia et Nicole se sont rencontrées et parlé. Kasia a connu Carolina, Marianne a écrit à Kasia et à Nicole, les informations ont circulé : les quatre improvisent alors un petit « bloc » d'information et d'intervention évidemment relié par un groupe WhatsApp. Elles veulent tenter la voie légale pour mettre fin aux agissements de l'individu. Nicole adopte une position d'observatrice bienveillante, légèrement condescendante corrigera Marianne qui se démène, tandis que Kasia y croit, et que Carolina s'implique vaguement.

Marianne a certes prêté de l'argent à son compagnon de bonne grâce mais elle estime qu'il lui a été extorqué par des mensonges. Elle porte donc plainte pour vol. Elle est reçue par un officier compatissant qui prend note. Un commissaire de police que je connais concède à ressortir le dossier. Le plainte s'intitule « utilisation frauduleuse de carte bancaire » et porte sur un montant de 2 263,82 euros correspondant à 72 opérations, paiements en ligne et retraits distributeurs. La plaignante y précise notamment avoir trouvé dans les affaires du susnommé « une carte bancaire polonaise à son nom et plusieurs photos de cartes bleues appartenant à des femmes figurant dans son téléphone portable, dont les miennes ». La syntaxe est libre, les faits brutaux.

Sur le fond, le commissaire me confirme que le dossier a été classé directement sans aucun acte d'enquête, au vu du préjudice mineur et de l'impossibilité d'identifier formellement le gars, en raison de ses multiples identités. Il me cite le mot d'un officier du 18e arrondissement de Paris : « Une escroquerie au charme, classique. » Depuis, le gardien de la paix qui a reçu Marianne a fui le service des plaintes et a été affecté au palais de justice. Le commissaire m'indique qu'avec les noms de Ricardo figurant sur la plainte et la copie de son passeport, rien ne sort dans aucun fichier, *typique des gens qui changent de nom tous les deux mois.*

Pour afficher Ricardo publiquement et mettre en garde de futures victimes, les femmes du « bloc » créent également une page internet anonyme sur le site Myspace qui rassemble photos, documents et informations dûment compilées. Elles contactent Beata, la seconde Polonaise, pour l'affranchir. Mais celle-ci ne veut rien entendre. Son fiancé est assis à côté d'elle et il n'est rien de ce que ces femmes prétendent. Elle s'estime harcelée et exige qu'elles cessent de lui écrire. Sur le site, apparaissent aussi les actions en justice intentées au Brésil contre Ricardo, qu'elles ont exhumées. Elles contactent l'une des plaignantes brésiliennes et comprennent que Ricardo a un passé judiciaire bien fourni. Saisir Interpol, le faire arrêter puis expulser devient leur objectif. Il s'effondre au premier message de Ricardo posté sur leur site anonyme qui insulte, menace des pires représailles celles ou ceux qui ont diffusé ces informations. Le message fait froid dans le dos. On est loin du gendre idéal, adoré des belles-familles et de tous les amis, qui devise modestement sur des sujets profonds en buvant l'apéritif. Comme il ne sait pas à qui il s'adresse, il y va franco, en anglais dans le doute, caché derrière un faux compte au nom de Geremias Machoneiros : « *I am closer to catch you asshole. Believe it, I will destroy you and catch you in person, stupid mother fucker son of a bitch. I already have your IP number, prepare yourself asshole*[1] » : Kasia se cabre, terrorisée, craignant qu'il s'en prenne à ses proches, aille voir sa mère, sa sœur. Elle supprime tout de suite la page et exige que tous les échanges WhatsApp entre les victimes soient effacés. Fin de l'action collective.

1. *Je suis sur le point de t'attraper, connard. Crois-moi, je vais te détruire et te trouver en vrai, stupide fils de pute. J'ai déjà ton numéro IP, prépare-toi, connard.*

4.

J'ai toujours rêvé d'engager un détective privé. Je vois tout de suite Jean-Pierre Léaud caché derrière son journal, Bernie Gunther, le héros de la trilogie de Philip Kerr, dans les nuits sombres de Berlin, je pense à Sophie Calle qui engage quelqu'un pour écrire un rapport sur ses propres journées, je me demande dans quel roman noir je me trouverais plongée. Mais je n'en ai jamais eu d'occasion sérieuse. Et voilà que Ricardo me l'offre sur un plateau et que mon projet de documentaire, bien qu'encore flou, me donne les moyens de la financer.

Celui-là possède une grosse voiture, un petit ventre, s'assied avec les jambes écartées du *manspreader* et avoue avec coquetterie qu'on lui trouve des airs de John Wayne. Marcin Magdón, détective privé à Cracovie, dans le sud de la Pologne, se présente comme ancien chef du département du Bureau central d'enquête du quartier général de la police de la ville. Une amie polonaise me le recommande chaudement après un *benchmark* complet et attentif. Le site de sa société, PKD, ressemble à celui d'une banque, avec des photos parfaites, des illustrations pro et plusieurs sections : dénonciation, client mystérieux, dépistage préemploi, contre-inspections et puis les classiques, affaires criminelles, cas de divorce. Il me reçoit affable et m'offre ses services sans ciller.

L'espionnage, en Pologne, est une passion nationale. Vestige probable de la guerre froide, la surveillance est quasiment élevée au rang des Beaux-Arts. En plus des myriades d'officines de détectives dans tout le pays, plusieurs émissions de télé-réalité mettent en scène les enquêtes de fameux privés. Un certain Rutkowski tient le haut du panier et fait un carton à la télé. Avec ses cheveux noirs en brosse style Néfertiti, son bouc bicolore ex-Édouard Philippe, ses épaisses chaînes en or miroitant sur un torse velu, sans oublier les lunettes miroir qu'il porte en toutes circonstances, il offre un tableau saisissant. Rutkowski fait le plein de téléspectateurs en résolvant des affaires très glauques de kidnappings d'enfants ou de crimes atroces. Marcin Magdón le méprise et le traite de noms d'oiseaux. Mais un voile d'envie passe quand même devant ses yeux.

Spy Shop, une chaîne populaire de magasins d'espionnage, déploie également sa toile dans toutes les grandes villes polonaises. On y trouve tout ce qu'une imagination technologique paranoïaque et mercantile peut concevoir pour surveiller sa femme, son patron, son employé, jusqu'à sa progéniture : un enregistreur vocal pour enfants se cache dans un jouet, un micro se planque dans un stylo, une caméra est dissimulée dans un pendentif en forme de cœur, et un mouchard GPS peut s'installer à la demande dans l'objet de votre choix. Il y a même une minicaméra qui se cache dans les « plantes ornementales pour personnes âgées ».

Dans la boutique où Marcin Magdón va s'équiper à Cracovie, un autre gadget me laisse rêveuse. Ça s'appelle *Semens Spy,* c'est un best-seller, m'explique le vendeur. Je lui demande incrédule si j'ai deviné juste. Eh oui : c'est bien un kit complet pour détecter les traces de sperme suspectes dans les sous-vêtements de votre femme, compagne, maîtresse, sur des draps, dans une voiture ou qui sait un meuble, un tapis. Ça s'appelle aussi un test de fidélité. Le paquet contient un écouvillon, une pipette, un micro-tube aquacoloré et une cartouche test pour détecter l'antigène PSA, une protéine qui sert à liquéfier le sperme pour faciliter le déplacement des spermatozoïdes. Il y a aussi une version « de luxe » du *Semens Spy* avec une lampe UV pour vous aider à repérer les taches de liquide séminal, invisibles à l'œil nu. Les bras m'en tombent tandis que le détective et le vendeur, avec le même air las, semblent ne pas saisir la raison de mon émoi.

Je me demande pourquoi je suis tellement choquée, et amusée, il faut bien dire. Il y a certainement quelque chose de grotesque et de pathétique dans la scène du mari arrivant au Spy Shop pour se procurer son *Semens Spy,* qui en discute les mérites avec le vendeur, débourse entre soixante et cent euros, puis le glisse dans sa sacoche avant de gratter la culotte de sa femme avec son écouvillon ou d'inspecter le lit avec sa lampe UV. J'y vois aussi un fort relent de machisme : il n'y a rien dans la boutique qui soit destiné aux femmes jalouses, et aurait pu constituer une « preuve » concrète pour Kasia, par exemple. Peut-être y a-t-il enfin un aspect moralement dérangeant dans ce gadget ? On admet intuitivement qu'espionner sa femme est immoral, comme dénoncer son voisin, trahir, mentir, quelles qu'en soient les raisons, ou les conséquences. Mais s'il suffisait au mari d'appuyer sur un bouton ou de cliquer sur un formulaire pour savoir si sa femme est fidèle, je ne serais pas aussi gênée. Ce qui veut dire qu'en dehors des grands principes moraux qui prévalent, je suis heurtée ici par les moyens déployés, l'imagination technologique convoquée, le cynisme du vendeur et le ridicule de la scène.

Et je ne suis pas au bout de mes surprises. Tout au fond du magasin, tandis que Marcin Magdón a fini ses emplettes basiques, je découvre une vitrine consacrée au « contre-espionnage », qui offre une gamme complète d'appareils destinés à détecter et neutraliser la présence de ceux qui sont dans la vitrine d'à côté. Il y a différents niveaux de sophistication, de prix et d'usage, qui vont des détecteurs d'écoute aux localisateurs de puces et micro-caméras. Les capteurs laser repèrent les caméras filaires et radio, actives ou non. Les détecteurs de caméra sans fil sont des scanners de fréquence à grande vitesse qui localisent avec précision les dispositifs de capture d'image. Un petit bla-bla accompagne cette section sur le site de Spy Shop, un sommet d'impudence puisque l'avertissement vise ceux qui achètent les objets du même magasin : « Des gens malhonnêtes sont capables de se donner beaucoup de mal pour vous voler des données importantes ou privées. Ils installent des caméras, ils effectuent des écoutes clandestines avec des puces et d'autres outils disponibles sur le marché. Recourir aux services de sociétés de détection d'écoutes téléphoniques coûte très cher et il n'est pas toujours facile de les réaliser sans éveiller les soupçons. [...] C'est pourquoi il vaut la peine d'investir dans des dispositifs qui vous protégeront contre la surveillance, et qui, si une puce ou une microcaméra sont détectées, permettent leur localisation et leur neutralisation. » C'est d'une logique industrielle implacable, comme celle des marabouts qui offrent les sortilèges et leur antidote, les vendeurs d'armes qui fabriquent des gilets pare-balles.

Je retrouve la plupart de ces gadgets dans le bureau de Marcin ainsi que des portraits de lui posant avec son revolver dans un holster d'épaule, ou planté tel un cow-boy avec son équipe de détectives juniors de dos

– pour rester anonymes, je suppose. Au mur trônent également diplômes et médailles reçues quand il était chef du département du Bureau central d'enquête du quartier général de la police de la ville.

Quand je lui demande de rester prudent car Ricardo n'est pas un agneau de lait, il me sourit avec pitié : il s'est occupé de nettoyer la ville de ses gangs armés, le danger ne lui fait pas peur. Il obtiendra pour moi toutes les informations nécessaires : ses habitudes, les endroits où il sort, qui il fréquente, ses hobbies, s'il travaille ou pas, et où, son statut légal, etc. Avec son équipe junior, il peut chercher l'adresse IP de son ordinateur pour entrer dans ses mails et voir s'il y a de nouvelles victimes, accéder à son compte en banque pour vérifier ses revenus, ses activités légales ou pas, ses nouveaux profils sur les réseaux sociaux. Marcin m'offre des services de première classe et ponctue ses phrases de « pas de problème » avec une morgue déconcertante. Évidemment, je serais diablement curieuse de connaître tous ces détails mais je préfère, pour l'instant, m'en tenir à ce qui est à peu près légal. Avec plusieurs plaintes avérées contre Ricardo – celle de Marianne et celles déposées au Brésil –, engager un détective privé pour le retrouver reste dans le cadre de la loi. Je demande donc à Marcin une preuve de vie, où il habite et une idée pour l'approcher si je m'y résous. Je lui fournis l'adresse du lieu où il habite avec Beata que j'ai trouvée facilement avec son nom.

De cette seconde femme polonaise, j'explique à Marcin qu'elle a ignoré les appels du « bloc » et vite coupé tout contact : elle a probablement acheté une théorie du complot préventive, la fameuse famille brésilienne qui cherche à nuire ou une variante. Beata travaillerait pour une compagnie d'assurances, et serait chargée de vérifier la crédibilité des déclarations de sinistre : ce qui, en la circonstance, ne manque pas d'ironie. Beata est également inscrite sur un site de *couchsurfing*, un système d'échange de services couvrant le monde entier qui consiste à héberger gratuitement des voyageurs sur son canapé, pour le plaisir de la rencontre, par esprit de partage. À son tour, elle peut être hébergée sur un divan à l'étranger si elle en a besoin. Si Beata accueille des invités sur son canapé à Cracovie, cela signifie en gros que n'importe qui peut aller dormir chez elle. Ricardo l'a peut-être rencontrée de cette façon, et j'ai bien pensé un moment aller squatter son canapé à mon tour. À la réflexion, cette idée m'a semblé imprudente et grossière. Je me repose désormais sur Marcin.

Dans son bureau, l'idée d'enquêter sur la vie privée d'une personne, de l'espionner ou de la faire surveiller me paraît soudain beaucoup moins ridicule ou immorale qu'au Spy Shop. D'une part, mon action est commise par procuration : c'est la différence entre engager un tueur à gages et assassiner de ses mains, ou entre faire et laisser faire. D'autre part, je me persuade que cette surveillance est destinée à prévenir le pire, à sauver de nombreuses femmes à venir ou présentes : je songe donc aux conséquences bénéfiques et me convaincs d'agir au nom d'un bien supérieur.

Je repense souvent à cette séquence de *Shoah* dans laquelle Claude Lanzmann filme Franz Suchomel qui fut sous-officier dans le camp de Treblinka. La comparaison avec Ricardo ne s'impose certes pas, mais les questions que la scène soulève m'intéressent. L'ancien SS y accepte de parler à Lanzmann et d'être filmé à la condition expresse, dit-il, que le cinéaste ne révèle ni son nom ni son adresse. Lanzmann s'y engage solennellement – on l'entend – tandis qu'à l'écran apparaissent en surimpression le nom de l'homme et son adresse. Le réalisateur reconnaît également avoir rémunéré plusieurs Allemands pour qu'ils acceptent d'être dans son film ou les a filmés en caméra cachée. Il se soucie assez peu de ce qui est, *a priori*, contraire à l'éthique ou à la déontologie des documentaristes ou des journalistes. Son film n'est pas un documentaire, justifie-t-il. Il ne cherche pas à raconter avec exactitude mais à avoir un impact, le plus fort possible, à devenir en soi une œuvre de vengeance, de violence. Encore une fois, cet argument *ad hitlerum* ou point Godwin de mon raisonnement ne s'applique pas véritablement à Ricardo qui n'a commis aucun crime contre l'humanité, et dont les méfaits sont impossibles à comparer à la Shoah (qu'on évite de comparer à quoi que ce soit d'ailleurs). Et je n'ai pas non plus l'ambition de Claude Lanzmann. Mais le point m'interroge sur le statut des méchants, des salauds dans les récits de « non-fiction ». S'il est vrai que les livres ou les films documentaires cherchent à restituer des faits exacts, vérifiés, doit-on traiter avec le même respect, les mêmes égards, les victimes et les bourreaux ? Les règles qu'on se fabrique chacun en bricolant deux trois principes déontologiques sont-elles les mêmes pour tous nos « sujets » ? En réservant aux méchants un traitement différent (comme engager un détective pour fouiller dans leur vie), je pourrais aussi bien avancer que mon approche est « engagée », subjective, au sens où elle sert une noble cause, celle des femmes, des victimes. Et que de ce fait, il y a une certaine justification à faire surveiller Ricardo. Mais je suis bien obligée d'avouer qu'au moment où je parle à Marcin, ma motivation première, bien que confuse, n'est ni la justice, ni l'art, mais une curiosité impérieuse, irrésistible et une part non négligeable de fascination. Je veux percer le mystère de cet homme, essayer de comprendre qui il est, quelle est son histoire, d'où il vient et où il va. Le voir en vrai, en faire l'expérience *live,* serait un plus.

À partir de cette entrevue, Marcin Magdón me rend compte chaque jour de la progression de son enquête à distance, sur Zoom. À l'écran, nous sommes trois : l'ancien policier de haut vol, l'amie polonaise qui traduit et moi. La situation a des airs de *Lost in Translation* car Marcin parle longtemps pour dire peu de chose. Il se déploie en digressions sur ses techniques d'investigation, son équipe, ses difficultés, mais les négociations d'argent occupent la plupart de nos discussions. Bien qu'il ait accepté ce travail uniquement « pour aider les autres », ses journées de travail connaissent une inflation iranienne, c'est-à-dire galopante et incontrôlée. Deux cents, deux cent cinquante, bientôt trois cents euros (en zlotys) par jour, plus 23 % de taxes : les sommes deviennent énormes. La traductrice ne semble pas très étonnée par le procédé, un marchandage habituel, semble-t-il. De mon côté, je bous, j'enrage mais ne dis mot, même si mon agacement doit se lire sur mon visage comme des sous-titres. Pendant ce temps, le détective continue à disserter et ne se départ pas de son flegme condescendant.

Le premier jour, Marcin a décidé de commencer par une « observation de terrain » : dommage, il surveille le mauvais immeuble. Il m'envoie des photos d'une fenêtre aux rideaux tirés. Sur Google Street View, je vois bien que ce n'est pas là que Beata habite et que Ricardo pourrait se trouver. L'erreur rectifiée, Marcin et sa blonde assistante s'installent en planque sous les fenêtres d'un petit immeuble moderne dans un quartier calme et sans histoire où vit la classe moyenne de Cracovie.

La pandémie n'est pas loin mais suffit-elle à expliquer que ni Beata ni son supposé compagnon ne sortent une seule fois de chez eux pendant un jour, deux jours, trois jours, bientôt quatre ? Le compteur tourne. Mes questions pressantes n'ébranlent pas la logorrhée du détective qui n'a rien observé mais beaucoup à dire. Je n'impressionne pas beaucoup l'ancien chef du département du Bureau central d'enquête du quartier général de la police de la ville. À bout de théories pour expliquer la réclusion apparente du jeune couple, ou sa propre incompétence, Marcin en conclut que Ricardo a dû séquestrer sa compagne dans un grenier, et qui sait s'il ne l'a pas tuée. Aussi, le cinquième jour, il effectue un « repérage en situation » qui consiste à monter deux étages. Il en revient avec une information de taille : il y a deux vélos d'adulte sur le palier de Beata. Dont il déduit finement qu'ici vit un couple – mais qui ne sort apparemment jamais. À la fenêtre, Marcin a vu les rideaux bouger, donc il faut exclure que le couple est absent ou en vacances, si couple il y a.

Le sixième jour, John Wayne a une idée : une fausse alerte à la bombe dans l'immeuble qui fera descendre tous les habitants. Puis il se ravise : trop risqué. À la fin, il ne se passe tellement rien que je finis par croire que Marcin n'observe rien du tout, qu'il fait de temps en temps quelques images de la fenêtre et rentre tranquillement au bureau. Aussi, au bout d'une semaine, j'ai l'idée d'envoyer quelqu'un surveiller mon détective.

Szymon est un jeune journaliste polonais pince-sans-rire qui n'habite pas loin et parle anglais. Il enfourche son vieux vélo, remonte sa capuche et va faire un tour en bas de chez Beata. Il m'appelle au bout de deux minutes pour me dire qu'il ne lui en a pas fallu davantage pour repérer illico la voiture de Marcin avec ses vitres teintées. Dedans, il a vu un couple de détectives « tout droit sorti d'un téléfilm » avec des lunettes de soleil, un bonnet sur la tête, entièrement vêtus de noir. Ils ne sont pas très discrets mais au moins ils sont là. La femme tient une petite caméra et filme à travers la vitre. Et puis l'homme est sorti de la voiture et a fait mine de parler au téléphone, pour se donner une contenance. N'importe qui pouvait voir que son écran était noir. Dans le genre *undercover*, il y a mieux.

Dans les rushes de leur « observation » que Marcin m'envoie des semaines plus tard, après que je les ai réclamés des dizaines de fois, qu'il a prétendu comme un collégien les avoir envoyés la veille ou qu'ils sont restés « dans les spams », dans ces images où on voit une fenêtre endormie, à peine animée d'un mouvement de rideau ou d'un visage lointain, dans ces heures de film minimal, on entend par contre distinctement la collègue de Marcin à l'intérieur de la voiture qui s'étonne en riant de voir passer plusieurs fois autour de leur véhicule un jeune homme à vélo. Mais la curiosité du duo de choc s'arrête là. À l'évidence, leur matériel de contre-espionnage n'est pas très au point.

Quelques jours et interminables Zoom plus tard, Marcin me communique sa deuxième idée. « Je me suis mis sous légende », m'annonce-t-il fièrement. Le personnage qu'il a créé est un employé de l'administration venu vérifier dans l'immeuble s'il n'y a pas une fuite d'eau. Sa tenue de camouflage, c'est le gilet de sécurité fluo qu'il y a dans le coffre de toutes les voitures et qu'il enfile à la hâte.

À l'étage qui nous intéresse, la femme qui ouvre la porte d'un petit studio de trente mètres carrés est bien celle qui fait du *couchsurfing* et apparaît sur les photos avec Ricardo. Un homme, qu'on devine dans le fond, ne se lève pas plus qu'il ne détourne la tête de ce qu'on suppose être son ordinateur. La femme s'adresse à lui en anglais, l'interroge sur une éventuelle fuite d'eau, et *bingo,* l'appelle « Rico ». « Rico » n'a rien remarqué de spécial non plus. Le détective sous légende n'ose pas entrer vérifier mais ce soir-là, sur Zoom, il exulte : le « Rico » de Beata est la preuve irréfutable que notre individu se trouve dans cet appartement. Une information intéressante mais qui ne résout pas le mystère de leur réclusion, préoccupante pour les deux habitants ou pour le sérieux de la société PKD.

Je passe sur le fait que Marcin s'est fait repérer par un voisin qui a donné l'alerte sur le groupe Facebook de l'immeuble, signalant à tous les habitants un type louche qui photographie leurs allées et venues. Et sur son troisième coup de génie, une histoire de voiture rouge volée qu'il invente à l'attention des voisins pour justifier sa présence dans le quartier : il est en train d'enquêter sur un trafic international de véhicules, qui se trouve passer par cette résidence. Les habitants se montrent moyennement convaincus, précipitant sans doute l'épilogue de cette filature rocambolesque.

Car au bout de trente heures de planque repérable en cinq minutes et plusieurs litres de salive à me *mansplainer*, notre inspecteur Gadget découvre, ô stupéfaction, que l'immeuble de Beata et « Rico » dispose de trois sorties, dont un garage accessible directement depuis les étages. Les reclus sont donc entrés et sortis joyeusement tandis que mes zlotys et ma patience se consumaient. À quoi Marcin, pas démonté, me rétorque que pour être efficace, il eût fallu trois équipes en planque vingt-quatre heures sur vingt-quatre, postées à chacune des sorties, c'est-à-dire une vingtaine de personnes. Mais est-ce que je dispose d'un tel budget ? Reste ce qu'il appelle l'enquête administrative sur laquelle je fonde tous mes naïfs espoirs.

En attendant, je me tourne vers les quelques éléments précis que j'ai trouvés sur Ricardo : sa famille brésilienne, la ville où il a grandi, sa mère, tout ce qui existe ou a existé un jour pour de vrai. D'après ce que j'ai lu, l'imposteur obéit toujours à deux objectifs : l'un est un but immédiat (un toit, de l'argent, des papiers…) auquel il parvient grâce à des mensonges ciblés ; l'autre est un mobile caché, plus secret, lié à une histoire personnelle, une souffrance narcissique. Il a fait le deuil d'une vraie vie, car il n'est rien : il sera quelqu'un d'autre à la place de personne. Dans la vie de Ricardo, je me dis qu'il a bien un élément déclencheur. Un moment de bascule. Je cherche quel enfant il était. Quelle est l'histoire de sa famille. Je voudrais savoir quand il a découvert son talent, son aisance à manipuler les femmes. Il y a peut-être une raison à cela, quelqu'un qui lui a enseigné cette audace, un mentor ?

5.

Clemente Manoel de Almeida porte un tee-shirt Led Zeppelin flottant, a le cheveu poivre et sel et la cinquantaine bien tassée. Il fut trois fois maire de Várzea Paulista où a grandi Ricardo et connaît bien sa famille. Dans son 4×4 bruyant, nous parcourons à toute allure les rues aux ciels bas et lourds de cette petite commune satellite de la ville de Jundiaí, à une soixantaine de kilomètres de São Paulo. La végétation tropicale se bagarre avec les habitations. Les champs ne sont pas loin. Clemente salue ses fans par la fenêtre, évoquant davantage une rock star sur le retour qu'un homme politique ayant pesé sur le devenir des cent mille habitants de Várzea pendant vingt ans. La voiture monte et descend des collines qui donnent à la ville un air brouillon, sans plan ni logique et encore moins de centre. Plusieurs usines désaffectées, des maisons basses, roses et bleues et quelques favelas s'accrochent sur des pentes périlleuses en un mouvement chaotique jusqu'à toucher la base indécise du ciel sombre. Seul le fabricant de produits chimiques *Elekeiroz* se détache en poussant d'immenses panaches de fumée blanche qui s'envolent sans bruit et polluent toute la région. C'est le premier employeur de la ville. Depuis que les autorités environnementales l'ont à l'œil, l'odeur n'est pas aussi horrible. Mais quand Ricardo était enfant, et jusque tard dans son adolescence l'usine dégageait une odeur de soufre irrespirable, *l'odeur du diable*, commente Clemente en se bouchant le nez.

Nous nous arrêtons au pied d'une favela dans un coquet jardin municipal nommé « parc aux orchidées », qui enveloppe un terrain de foot bien entretenu. La meilleure joueuse est une fille, pieds nus et sûre d'elle. L'équipe adverse essaie de rester concentrée, ceux qui la regardent sont fascinés par son agilité. Ici, à la même époque, me montre le maire, se trouvait une décharge à ciel ouvert où se déversaient les ordures de neuf communes environnantes, soit environ 150 000 tonnes par an. On entrait par un portail et on pesait les déchets avec une balance. En brûlant, ils émettaient des gaz toxiques, il y avait des incendies, des vautours, de la fumée partout. Les gens venaient pour survivre, prendre des matériaux de récupération, et même de la nourriture. Dans les habitations les plus proches, il n'était pas rare qu'il y ait des révoltes à cause de l'odeur, les gens n'en pouvaient plus. Des gosses comme Ricardo ont grandi là-dedans, poursuit le maire. Il n'y avait même pas d'endroit pour jouer au foot. C'était une enfance passée entre l'école et la rue, la rue et l'école. Personne n'osait dire qu'il habitait à Várzea, on ne mettait pas le nom de la ville sur sa plaque d'immatriculation, les habitants de Várzea étaient traités de « pieds-rouges », de « paysans ». Et à Jundiaí, à seulement dix kilomètres de là, quand quelqu'un conduit mal, on blague encore « T'as eu ton permis à Várzea ou quoi ? » – ce qui n'est pas un compliment.

Il faudra vingt ans à Clemente pour faire reculer l'insalubrité et construire ailleurs une déchèterie moins sauvage et plus réglementée. À la place de l'ancienne, il édifie ce parc aux orchidées qui lance à Várzea la culture de ces fleurs nettement plus odorantes. Désormais le maire peut se reposer. La ville reste pauvre mais digne et l'odeur supportable. Dans sa superbe maison aux deux barbecues, ornée d'un kiosque à musique dominant un lac artificiel, Clemente s'est remis à chanter des tubes brésiliens roucoulants en compagnie de sa troisième épouse, de trente ans sa cadette, qui lui a donné ses cinquième et sixième enfants. Il devient pour moi un allié précieux et sympathique.

Clemente connaît quasiment toute la famille du côté de la mère de Ricardo, une famille normale, de travailleurs, beaucoup de fonctionnaires. La classe moyenne plutôt installée. Ce sont des gens qu'il voit toujours. L'oncle est avocat, il a même été son chef de cabinet durant son premier mandat. La tante a fait une faculté d'économie. Aujourd'hui, elle est adjointe aux Finances de la ville. Et il y a une autre sœur qui doit être la mère de Ricardo. D'après Clemente, elle et la tante de Ricardo se ressemblent beaucoup : il se peut même qu'elles soient jumelles. Il est vrai que les photos que j'ai trouvées sèment le doute, et voilà qui expliquerait bien des choses. D'autant que les deux sœurs sont proches, se voient souvent, vivent à côté l'une de l'autre. Serait-il possible que Ricardo ait commencé sa carrière d'imposteur dès son plus jeune âge, en jouant à avoir un jumeau, ou un sosie maléfique ? En faisant croire à ses copains qu'il n'était pas lui, mais son frère jumeau ? Je ne peux pas exclure que cette gémellité ait nourri ses rêves et ses fantasmes. Mais il se peut aussi qu'il ait régulièrement confondu sa mère avec sa tante et développé à partir de là un imaginaire autour du double, version brésilienne de « je est un autre », qu'il réécrira plus tard sous forme de « je est plein d'autres ».

Clemente croit se souvenir que la mère de Ricardo travaillait également à la mairie. Elle serait partie à la suite d'une histoire pas nette. Il en garde un mauvais souvenir mais ne se rappelle pas les détails. La méchante et la gentille jumelle, ce serait une piste, version psy de *good cop* et *bad cop*. Du côté du père, en revanche, Clemente ne sait rien. Il va se renseigner. Mais il préfère que nous n'allions pas rendre visite à la famille, ni voir la mère directement. Mon enquête serait vite ébruitée et sa participation aussi. Cette précaution conforte également ma décision : bien que je sois allée rôder plusieurs fois devant le petit pavillon vert amande où vit sa mère, je n'essaierai pas de la rencontrer. Pour des raisons très nobles, car je veux laisser cette femme en paix. Et d'autres moins glorieuses, car elle parlerait très vite de ma venue à son fils, et ce serait le début de mes ennuis (qui ne manqueront pas d'arriver, mais une fois mon travail achevé, de préférence).

Notre balade à cent à l'heure dans l'enfance de Ricardo se poursuit à la gare de Várzea qui en serait le centre si elle en avait un. Sur la petite place qui l'annonce, des maisonnettes de cheminots bien nettes avec leur jardinet s'alignent en rang d'oignons comme pour former une haie d'honneur à ceux qui ont amené le chemin de fer jusque-là. Le père de Clemente en fit partie, après avoir migré de l'État du Minas Gerais pour se lancer dans l'aventure. Le maire et son frère ont aussi été cheminots dès l'âge de quinze ans. Au départ, le rail est destiné à acheminer le café de l'intérieur vers le littoral de São Paulo à destination de l'étranger. Au début des années 1960, le métallurgiste allemand Krupp en profite pour installer une énorme usine à Campo Limpo, juste à côté de Várzea. Alfred Krupp en personne se déplace pour inaugurer le site, se rappelle Clemente, et en une nuit le chemin de terre que sa voiture doit emprunter est bitumé. L'entreprise drague rapidement les jeunes du coin avec de bons salaires, les meilleurs de la région jusqu'aujourd'hui.

La famille de Ricardo appartient à cette vague continue de migrants qui quitte les régions les plus pauvres du Nordeste pour São Paulo, riche et pourvoyeuse d'emplois. Mais la mégalopole saturant rapidement, les migrants s'en éloignent de plus en plus pour se loger. Várzea arrive tout à la fin de la vague. Pour comprendre ce qui s'est passé, il suffit de regarder le plan de la ligne de train locale : Várzea c'est le bout de la ligne 7, la dernière station. À l'autre extrémité, il y a São Paulo, et entre les deux, la grande ville de Jundiaí. Tous ceux qui ont émigré et ne sont pas restés à São Paulo, m'explique Clemente en pointant la carte, ont pris ce train et repoussé la frontière, comme les pionniers américains, à une bonne heure de São Paulo. Ils sont arrivés sans rien, avec seulement l'espoir d'une vie meilleure. Mais ils n'ont ici aucune racine, pas de famille, pas d'attachement à la terre, ni de traditions qui auraient pu forger leur identité. C'est pour ça que Várzea n'a pas d'âme, conclut-il, c'est une ville creuse, dortoir, qui n'est rien.

*

Ce qui se passe ensuite dans l'enfance puis l'adolescence de Ricardo, je le collecte par bribes, fragments épars, miettes d'infos et d'anecdotes glanées auprès de ses amis d'enfance, ses voisins, ses relations, des femmes surtout. À l'aide de plusieurs enquêtrices efficaces et honnêtes, je lance des recherches dans tous les sens. Il y a sans doute des imprécisions, des zones d'ombres mais l'essentiel y est.

Lorsqu'il naît, en 1979, la dictature militaire touche à sa fin. Une loi d'amnistie vient d'être votée qui absout autant les militaires impliqués dans la répression sanglante des années de plomb que les opposants au régime. Elle est perçue comme le premier signe d'un retour à la démocratie. Ricardo a six ans quand les manifestations d'étudiants et d'ouvriers suivies d'élections décisives ouvrent la voie à une nouvelle ère pour le Brésil. Neuf ans quand la nouvelle constitution est adoptée. C'est une période de grands espoirs : les réformes économiques promettent au pays d'« émerger », le gouvernement défend un « État de bien-être social ». Les parents de Ricardo suivent le mouvement et déménagent à Santa Lucia, un des quartiers les plus anciens de Várzea, considéré jusqu'aujourd'hui comme le meilleur de la ville. Ici les odeurs sont moins répugnantes, on est proche de l'avenue principale et l'unique école locale s'installe fièrement dans une rue tranquille, avec ses murs bleu pâle ombragés par un mûrier du Japon.

De l'enfance de Ricardo émerge un personnage auréolé d'un prestige écrasant. Son aîné de quelques années, Daniel est le cousin qu'il suit comme une ombre. Il est issu de la branche la plus respectable de la famille, celle qui travaille à la mairie, et s'implique en politique. À l'école, Daniel est un *populaire*. Il a des habits neufs, un skate, et déjà des pectoraux saillants que les garçons lui envient plus que les filles. Sa *street cred* est peaufinée par la pratique de la boxe :

il en deviendra professeur. À côté, Ricardo fait figure d'enfant réservé, timide, invisible, qui le suit partout. Ses professeurs ne se souviennent de rien de particulier, ni talent ou fantaisie notable. À l'heure des premières amours, Ricardo reste en retrait mais il est clair qu'il a trouvé un maître et un futur prénom : Daniel multiplie les conquêtes, roule désormais à moto, accroissant son prestige et son sex-appeal. Il a refilé son skate à un Ricardo qui est sorti de son silence pour se trouver une posture : celle du blagueur, moqueur, un brin sale gosse. Il joue la mouche du coche, s'essaie à faire le pitre, à vanner, au risque d'être lourdingue. Pendant ce temps, Daniel emballe à tour de bras. Très jeune, une certaine Paula tombe enceinte. Elle vit toujours à Santa Lucia avec leur fils de vingt ans et des poussières. J'imagine que l'abandon de femme enceinte s'immisce alors dans l'esprit de Ricardo à quinze ans comme un horizon, une coutume à laquelle il ne va pas manquer de se plier.

À mesure que le pays se développe, les inégalités se creusent au Brésil. La classe moyenne peine à se construire, les écarts de revenus augmentent. Contrairement aux espoirs caressés par la jeune démocratie, les travailleurs se font plus pauvres, l'emploi plus rare et l'inflation élevée. Várzea ne fait pas exception : les parents de Ricardo commencent à être *gênés*, un peu *juste*. Le père de Ricardo qui a lancé une petite entreprise de transports, un ou deux camions qu'il conduit ou qu'il loue, ne s'en sort pas. Il compense en se livrant à des trafics ou des combines dont je ne trouve pas la nature exacte mais qui lui valent d'être arrêté une fois dans les années 1990. Il se peut que l'affaire soit liée aux stupéfiants car Varzeà est déjà une plaque tournante du trafic de drogue, dans une version discrète, sans coup de feu ni descentes de police spectaculaires. À quel moment le père de Ricardo devient-il lui-même toxicomane, je l'ignore, mais il fera plusieurs passages dans un centre de désintoxication de la région. Alors évidemment, ça ne fait guère bon effet dans la famille de la mère de Ricardo. Il a beau être séduisant, bel homme, son mari est moins blanc que ces migrants de l'intérieur qui veulent oublier d'où ils viennent et se vantent volontiers d'ancêtres italiens réels ou supposés, une ascendance chic qui éloigne l'ombre menaçante du métissage. L'homme est d'autant plus suspect que dans la famille de sa mère Maria, il y a encore plus de policiers que de fonctionnaires de mairie. Maria s'isole et la situation du couple se dégrade. C'est à ce moment-là que la mère se trouve prise dans la sombre affaire à laquelle Clemente fait allusion et quitte la mairie.

Mais ce n'est pas tout. Une de ses anciennes compagnes me raconte que le père de Ricardo explose en violentes crises de rage qui font trembler le pavillon où ils habitent tous les trois. Il menace son fils, me dit-elle (elle-même le tient de la mère), le frappe sous l'emprise de l'alcool ou de la drogue, elle ne sait pas, mais suffisamment pour qu'il ne l'oublie jamais. Le jeune homme s'interpose-t-il pour protéger sa mère ? S'est-il rebellé, battu ou était-il un enfant maltraité honteux, avec un mélange de culpabilité et de haine de soi ? Je ne peux qu'imaginer.

Et puis il y a le nom. Et je fais la supposition qu'il hait son nom et sans doute son père car il EST littéralement son père. On se souvient de la dispute de ses parents autour de son prénom, Daniel, Richard ou Ricardo. À la fin, il s'appelle bien Ricardo qui est aussi le prénom de son père auquel s'ajoute son nom de famille et Junior à la fin : il a donc exactement le même nom que son père. On peut se figurer que l'enfant porte cette identité comme un poids, se vit comme une pâle copie du père, et peine à se distinguer de cet être brutal et malade, à exister par lui-même. Je le vois comme un homme qui ne sait pas qui il est, avec une vie qui ne lui appartient pas, ou pire, dont la vie est déjà écrite. La confusion a vite fait de se changer en détestation de soi. L'enfant est une réincarnation du mal. Je suis cet homme que je hais. Intenable.

Lorsqu'elle se sépare enfin de son mari, Maria trouve refuge dans l'église évangélique de son quartier, dont le nombre s'est multiplié à Várzea et au Brésil dans une véritable frénésie, à la fois New Age et conservatrice. Le pasteur devient son principal soutien dans le divorce, lui offre assistance spirituelle, matérielle et un lieu où passer ses journées à chanter l'amour de Jésus en levant les bras au ciel. Les lettres qu'elle envoie par la suite à son fils débordent de bondieuseries enveloppées de la présence protectrice de l'archange Gabriel, sa paix et sa lumière, son chemin baigné d'amour et de joie, ses prières infinies et son éternelle bonté. Maria est un cœur simple qui adore son fils sans condition, et c'est peu dire.

Un poème qu'elle lui envoie laisse juger de l'étendue de sa dévotion. Quasi débarrassé de son habituelle rhétorique évangéliste, c'est un message en vers qu'elle lui adresse sur WhatsApp. L'amour qu'elle lui porte s'y révèle quasiment divin. Il couve sous son aile maternelle et naïve les contradictions les plus flagrantes qui s'exposent dans une cascade d'adjectifs qualificatifs : l'enfant y apparaît tour à tour dispersé et travailleur, don juan et fidèle, intègre et corrompu, honnête et malhonnête. Un tendre aveuglement ponctué de vocatifs, d'imprécations, de stances destinés à lui assurer qu'elle ne changerait rien si c'était à refaire, que sa maternité bien que douloureuse, ses nuits bien que longues et solitaires, lui furent une joie sans pareille. Deux passages restent toutefois en suspens dans mon explication de texte. Un premier évoque un danger frôlé au moment de sa naissance, mais ne permet pas de déterminer si c'est la vie de Maria qu'elle a failli laisser en accouchant, ou celle du bébé qui a manqué mourir à la naissance. Je devine cependant la tragédie fondatrice, le drame qui marque au fer rouge cet amour absolu, rescapé, sauvé par miracle. Et puis il y a une expression énigmatique

« bem dotado » (littéralement « bien doté ») qui semble faire référence à sa virilité. La mère se flatte du sexe généreux de son fils, étrange motif de fierté. Elle me rappelle ces mères iraniennes qui parlent constamment à leur fils de leur « petite épée » (puis de leur « grande épée ») qu'elles cajolent et louent sans aucune gêne. L'appendice viril comme une fierté maternelle aura fait bien du mal…

De son côté, Ricardo rend bien à sa mère son adoration. Dès qu'il quitte la maison et ensuite le pays, il lui envoie de l'argent, cash ou par mandat, mais parfois lui en demande. Il lui fait aussi parvenir des cadeaux, l'inonde de photos et de vidéos qui montrent ses diplômes, ses succès, ses enfants. Il lui ment tout autant qu'aux autres femmes, sinon plus. À cet effet, il utilise un site qui s'appelle FACEinHOLE, et repose sur le même principe que ces décors figurant un personnage avec un trou à la place du visage pour passer sa tête et faire une photo. Sauf que FACEinHOLE réalise le trucage numériquement et permet d'incruster son visage dans des centaines d'images : on peut apparaître en superhéros, en avocat, pilote, médecin, sportif, etc. Ricardo en raffole. C'est ainsi qu'il adresse à sa mère une photo de sa prétendue « remise de diplôme à Paris », où il apparaît dans un costume de *graduate* anglais avec la longue toge noire et le chapeau du lauréat rectangulaire. Qu'importe cette petite incohérence, ce qui compte c'est la classe internationale. Évidemment, depuis son lointain quartier, Maria ne fait guère la différence. Il lui envoie également une photo censément parue dans la « revue de la compagnie aérienne » pour laquelle il travaille. On le voit en tenue de pilote de ligne dans le cockpit d'un avion, posant fièrement. Il n'est guère besoin d'être expert pour remarquer que le trucage FACEinHOLE est assez grossier. Mais sa mère ne semble pas noter davantage qu'à la suite de la naissance de la petite fille qu'il dit avoir eue en France, il lui envoie plusieurs photos empruntées à des banques d'images qui montrent des bébés différents. Maria n'y trouve rien à redire, ce n'est pas une factcheckeuse. Sa candeur naïve est une matrice qui ouvre la voie à toutes les amoureuses.

Mais nous n'en sommes pas là. Pour l'instant Ricardo est un grand adolescent maussade mû par un unique sentiment : la haine du père. Il déteste cet homme pour les coups, le mal qu'il a fait, l'opprobre, la honte. Une des clefs de sa personnalité troublée se trouve certainement là et il ne lui reste qu'une solution : cesser d'être qui il est, changer de nom puis d'existence, d'identité et se réinventer. Certains diraient tuer le père, au moins le mettre sous le tapis, le faire disparaître. Le hic c'est que ça ne marche pas comme il voudrait : car au fil du temps, aucun nom et aucune vie ne suffisent à laver cette tache, à l'innocenter, à remplir le vide. Insatiable, boulimique, drogué dans cette quête sans fin, Ricardo devient comme Ulysse, condamné à errer pour le reste de sa vie, sans jamais trouver qui il est.

*

Clemente me le confirme : pour un adolescent au tournant du siècle, Jundiaí, c'est la vie. À moins de dix kilomètres de Várzea, la ville champignon est un paradis qui paraît tout un monde. Les jeunes veulent aller à une fête, ils vont à Jundiaí. Un concert, c'est à Jundiaí. Aller dans un bar, rendez-vous à Jundiaí. Pour draguer les filles, ça se passe à Jundiaí. Bref, on vit en fonction de Jundiaí. Même les politiciens essaient d'aller à Jundiaí, s'amuse Clemente. Et ensuite, ceux de Jundiaí rêvent d'aller à São Paulo avant que les Paulistanos ne veuillent se rendre à Paris.

Et puis à Jundiaí, il y a ce *mall* étincelant qui vient de sortir de terre, Maxi Shopping, véritable temple de la consommation perdu dans une urbanisation sauvage, inauguré lorsque Ricardo a vingt ans. Nous sommes à la fin des années 1990, c'est une ville dans la ville étincelante de blancheur, bordée d'un immense parking. Il y a une centaine de boutiques en tout genre, des cinémas, des fast-foods, des donuts, des cafés, des restaurants. Les sols immaculés miroitent, rutilants, les escalators en transparence s'élancent et se croisent élégamment. Tout en haut, au troisième étage, une immense baie vitrée, vraiment *maxi*, offre une vue panoramique sur un paysage désordonné brassant gratte-ciel et végétation tropicale, terrains vagues et concessionnaires auto. Au plus fort de l'été, la climatisation du Maxi Shopping est délicieuse. Au moment de Noël, une petite patinoire s'installe au milieu du centre commercial. Ces quelques mètres carrés de glace fascinent les jeunes de toute la région. Pour y aller, Ricardo prend l'autocar et souvent rentre à pied. La compagnie de bus locale, Rapido Luxo Campinas, fait l'objet de tous les sarcasmes : « C'est pas rapide du tout, c'est pas luxueux non plus, et ça ne nous amène pas à Campinas », plaisante Clemente.

Ricardo se met à traîner au Maxi Shopping, à parler aux filles, à celles qui viennent passer le temps et à celles qui prennent leur pause. Il essaie. Ça ne vient pas tout de suite. Il retente. Il parle d'amour, prononce quelques formules magiques empruntées à son cousin, intenses, et ça finit par le faire.

Bruna Savoy travaille dans un salon de coiffure entièrement vitré qui ouvre sur l'espace restaurant, avec plusieurs enseignes. De là, on peut voir et être vu. C'est avec elle qu'il élabore cette identité : « Ricardo Alexandre Vasconcelos Mantfiel ». Un nom dans lequel on trouve un peu de vrai, de fantasme européen, de révolution mexicaine (José Vasconcelos est un penseur et homme politique mexicain) et de chic anglo-saxon. Ce qu'il ressent, ce qu'il pense, pourquoi il se lance dans ce jeu, et le goût qu'il y trouve est difficile à dire. Mais tout se noue au Maxi Shopping, c'est sûr.

Bruna est la Brésilienne que contactent Marianne et les filles du « bloc », dont le nom apparaît dans leurs échanges. Je n'ai aucun mal à la retrouver, elle est assez connue à Jundiaí, enfin disons qu'elle ne passe pas inaperçue. Ce n'est pas la première petite amie de Ricardo, mais elle est centrale et m'intéresse pour plusieurs raisons. Le portrait qu'elle dresse de lui ne correspond ni exactement à ce que j'imagine, ni à ce que j'ai découvert jusque-là. Elle se souvient d'abord d'un garçon séduisant qui enchantait les femmes. Il s'assoit à une table et lui sourit à travers la vitre, sans insistance mais avec un regard dévastateur, tellement *glamour*, une de ces œillades typiquement brésiliennes, m'apprend-elle, par sa fausse pudeur, son audace et les promesses qu'elle recèle. La séduction, c'est son domaine, à Bruna, qui deviendra par la suite « professionnelle de beauté », coiffant, maquillant et parant de mille feux les femmes de la bonne société de Jundiaí pour les mariages, les fêtes et le carnaval. Elle-même est impressionnante, immense blonde pulpeuse moulée dans un tailleur pantalon rose fushia, battant de ses faux cils en mordillant gracieusement ses lèvres trop rebondies. Pour elle, Ricardo était l'homme parfait, celui que veulent toutes les femmes.

Il se présente à elle comme médecin, spécialité cardio-vasculaire. Malgré son jeune âge, il possède déjà une blouse à son nom, raconte ses gardes et ses patients. Abagnale-DiCaprio se faisait bien passer pour pilote à seize ans. Bruna vit seule dans un appartement rutilant au sein d'un condominium, une résidence privée de Jundiaí, protégée et vidéo-surveillée, que ses parents lui ont offert. Il n'a jamais vu ça. Il adore.

Que Bruna soit une personne trans qui a entamé un parcours de transition à l'adolescence avant d'être opérée à l'âge de vingt ans, Ricardo ne l'évoque jamais. Il ne lui pose aucune question, n'y fait pas même allusion. Jamais. Je ne comprends pas bien comment c'est possible. J'imagine mal que le jeune homme soit *woke* avant l'heure, et suffisamment déconstruit dans sa masculinité pour accepter Bruna comme elle est, pour deviner qu'elle sera heureuse qu'il ne fasse pas cas de sa transition, et qu'il l'aime dans cette féminité débordante et indiscutable. J'aimerais bien mais, à vrai dire, ça m'étonnerait. L'homme élabore ses personnages à partir de tels stéréotypes de genre, des clichés si éculés que je le vois mal avoir réfléchi à ce que représente l'expérience trans. Il se peut simplement que le jeune couple ait eu une vie sexuelle peu aventureuse. Et comme Bruna n'est ni militante, ni très loquace sur son identité (même si elle l'évoque sans difficulté), il n'aurait même pas remarqué. Mais il n'en est rien : la professionnelle de beauté vante au contraire un amant fabuleux, imaginatif, enthousiaste, vraiment *bon, très bon*. Ce qui complique l'interprétation.

Carolina et Kasia, à qui je finis par oser poser de timides questions, n'ont pas cette expérience de leur intimité avec Ricardo, peu convaincante apparemment. *Il ne tient pas très longtemps,* dit l'une d'elles. Mais pour Kasia, ce n'est pas un obstacle à son projet, à son plan de vie mûrement pensé. Avec Carolina, il a parfois besoin d'un petit stimulant et puis elle se montre patiente, essaie d'être gentille et à la fin *ça finit par aller*. Quelles qu'en soient les raisons ou les causes, une fragilité se dessine, une faiblesse, un endroit obscur, qui fait de Ricardo un humain presque comme les autres. L'imposteur n'est pas un surhomme, ni un prédateur sexuel, et j'imagine qu'avec le temps et l'âge, sa surchauffe cérébrale mythomane et narcissique laisse peu de place à l'excitation ou l'imagination érotique. Il y a déjà beaucoup de monde là-dedans.

À moins que sa libido ne soit ailleurs. Pour mieux comprendre, un ami que ce genre de sujet passionne et qui trouve que je ne m'intéresse pas assez à la vie sexuelle de mon « sujet » me recommande de regarder la première saison du *Bureau des légendes*. Le point de départ, c'est un agent secret qui a vécu « sous légende » pendant six ans et n'arrive pas à quitter son personnage pour revenir à une vie normale. La psychologue de la DGSE qu'il est sommé de consulter lui explique alors que ce qui se rapproche le plus de la vie des agents secrets, c'est l'adultère. Ceux qui ont fait l'expérience de l'infidélité, dit-elle, savent que ce qu'ils aiment le plus, c'est la double vie, le secret plus que la relation elle-même. Et ce qui leur manque quand ils reviennent dans la vie normale, c'est moins la personne que le contexte, l'ambiance, l'atmosphère mystérieuse qui les extraient du quotidien. La dissimulation tient lieu d'érotisme et le mensonge serait une jouissance chez Malotru (le nom de code de l'agent de la série) comme chez Ricardo. De la même façon, les cérémonies de domination et de soumission forment des tableaux imaginaires sophistiqués, des mises en scènes élaborées, où rien de sexuel *stricto sensu* ne se produit mais qui valent pour un rapport sexuel.

L'interprétation de Bruna balaie toutes mes hypothèses. Selon elle, l'indifférence feinte ou réelle de son ancien compagon vis-à-vis de son expérience de genre n'a rien à voir avec sa libido. Pour lui, qu'on soit blanc, gros, maigre, grand ou petit, qu'on s'identifie comme homme, femme ou trans, peu importe. Ce qui compte pour Ricardo, c'est ce qu'il peut obtenir des gens, ce qu'il peut leur prendre, leur voler. Ce sont ses mots. Il faut bien dire que leur histoire tourne mal. Un jour qu'elle est en train de faire du fitness avec son coach, il profite d'un instant où elle le laisse seul dans son appartement pour la dévaliser. En réalité, il dérobe trois objets : une chaîne en or, une bague en brillants et un chandelier en verre de Murano. Les caméras de sécurité de l'immeuble le désignent sans équivoque en train de partir à la dérobée avec son larcin dans un sac à dos. Bruna, révoltée et humiliée autant par les vols que par l'abus de confiance, en tire la conviction définitive que Ricardo n'est qu'un *petit escroc de merde*, sans doute associé à un gang de types dans son genre qui cambriolent des particuliers. Au commissariat où elle porte plainte, Bruna demande à moitié en riant si elle pourra le frapper quand il sera arrêté. Quinze ans plus tard, si elle le croisait dans la rue, elle dit qu'elle lui éclaterait encore la tête sur le trottoir *bien joliment*. Ou le couperait en morceaux, haché menu, autre option.

À cette époque, Ricardo n'est ni chirurgien ni même étudiant, pas plus qu'il ne fait partie d'un gang, dont je n'ai trouvé aucune trace. Il travaille apparemment comme ouvrier qualifié dans la fameuse usine de métallurgie Krupp à Campo Limpo. Il vient de finir son service militaire d'un an, obligatoire dès dix-huit ans, dont il est rentré les bras ballants avant de prendre le chemin tout tracé des jeunes de la région. Maxi Shopping lui donne cependant une idée, mieux, un concept : la franchise. O Boticário est une chaîne que l'on peut comparer à Sephora en plus bas de gamme. Ricardo a remarqué qu'il y a à Jundiaí deux boutiques O Boticário en centre-ville plus une à côté du salon de Bruna. En revanche, au Shopping Galleria de Campinas, l'autre champignon blanc poussé plus loin dans la grande ville, il n'y en a pas. Ricardo propose donc à Gisele (future plaignante, époque Bruna) de prendre la gérance d'une franchise O Boticário qu'il vient d'acquérir et d'ouvrir ensemble le magasin. C'est l'occasion de monter une affaire, de gagner plus d'argent, d'avancer. Le Brésil est en plein boum. Lula et son Parti des travailleurs sont arrivés au pouvoir en 2002 et avec eux une politique sociale audacieuse de lutte contre la pauvreté, la malnutrition, et pour l'accès aux soins et à l'éducation. La fameuse *Bolsa familia*, une allocation qui s'apparente au revenu universel, bénéficie à vingt pour cent des familles brésiliennes, soit onze millions de foyers en 2010, et dope l'économie comme un puissant stimulant. La classe moyenne tant espérée émerge et avec elle la consommation à crédit et l'esprit d'entreprise. Des millions de Brésiliens croyant qu'un nouveau frigo va faire leur bonheur s'endettent pour des décennies, d'autres ouvrent des petits commerces, imaginent des services inconnus jusque-là, avant de voir leur pays rongé par la corruption s'écrouler sous leurs yeux. Mais ce sera plus tard.

Pour l'heure, Gisele se laisse convaincre par le projet. Elle quitte le cabinet de dentiste où elle travaille comme prothésiste pour se lancer dans l'aventure des années Lula avec son amoureux.

La jeune femme ne semble guère alarmée que Ricardo lui ait déjà emprunté une somme rondelette pour payer un traitement médical à sa mère et deux voyages à l'étranger, 50 000 reais au bas mot – environ 20 000 euros. Elle investit encore de son temps et de sa personne pour ouvrir la boutique. Excité par la perspective de recruter du personnel, d'adapter à son goût la stratégie marketing d'O Boticário et de préparer l'inauguration, le couple est en ébullition. Mais bientôt les relations se tendent entre Ricardo et le franchiseur, des complications surviennent, l'ouverture est décalée jusqu'au jour où l'ex-futur franchisé disparaît dans la nature sans un mot. Gisele est enceinte. *Petit escroc de merde.*

*

Cette année-là, je suis au Brésil moi aussi. Après des années de PMA acharnée, que j'ai menée avec un volontarisme tenace, de recueils en ponctions et consentements éclairés, me voilà enfin heureuse d'être enceinte à presque quarante ans. Mais je découvre dans la foulée que je vais devoir renoncer à mon projet de vie fantasmé, une famille Manif pour tous, un peu Ricoré, avec un papa et une maman sous le même toit. Au cinquième mois environ, j'apprends que je vivrai ma grossesse seule, et la suite tout pareil. Visiblement, je n'ai pas bien compris ou pas voulu comprendre le projet de celui avec qui je partage ma vie, diront les tenants du « elle-n'a-pas-voulu-voir ». Comme Marianne, Gisele, et les autres femmes qui ont été enceintes de Ricardo, me voici avec pour seules compagnes tristesse et colère. Elles ressemblent à la haine implacable de Kasia dont le projet de vie tambour battant s'est écroulé brusquement, au chagrin nauséeux de Marianne, au désir de revanche de Bruna, humiliée de n'avoir rien compris. Après quelques vaines tentatives d'obtenir des compensations, je renonce à me lamenter et décide de prendre mon bébé sous le bras pour me rendre au Brésil, à Rio, où j'ai de bons amis.

Je découvre un pays pétillant dans sa bulle économique. Il y a une frénésie palpable, des travaux et des chantiers partout, des favelas en cours de « pacification » où les jeunes dansent le *baile funky* par milliers. Les salaires n'ont pas suivi : on peut toujours engager une nounou à domicile pour deux cent cinquante euros par mois à plein temps (entendez vingt-quatre heures sur vingt-quatre) ou cent trente à mi-temps, c'est-à-dire douze heures par jour. Je ravale ma honte de classe postcoloniale et j'embauche plusieurs baby-sitters à ce tarif scandaleux en pensant que je suis une victime et que j'ai droit à cette réparation. Je passe ainsi plusieurs mois à essuyer mes larmes et à fatiguer ma rancœur en buvant des coups sur la plage d'Ipanema ou en m'amusant dans des fêtes huppées où m'emmènent ces amis compatissants et joyeux. En portugais, je ne connais que des noms de cocktails et des marques de couches. J'en garde une tendresse exagérée pour le Brésil qui m'a sauvée du ressentiment et pour ces nounous qui m'ont laissée danser.

Mais depuis lors, peu de choses me bouleversent aussi intimement qu'une femme qui doit accoucher seule et vivre les premiers temps de sa maternité dans cette fragilité immense, celle d'une jeune mère en panique qui se sent moche, misérable, et se réveille quatre fois par nuit comme un détenu de Guantánamo, privé de sommeil et d'entendement. Je partage la colère qui l'anime, je connais sa vie, ses nuits, celles de Gisele qui aura une petite fille de Ricardo, de Perola, une autre femme qui d'après Bruna en aurait deux enfants, de Marianne bien sûr, d'une Sandra en Argentine qui a eu un garçon avec lui, d'une femme qui vit dans le Nordeste à côté de Recife et dont le fils réclame sa pension alimentaire sur Facebook. Je sais que mon existence est, à certains égards, plus privilégiée que la leur, mais en les découvrant au fil de mes recherches, j'ai l'impression de faire partie d'un nouveau « bloc » : celui des mères célibataires du monde entier.

Seize ans après la naissance de mon fils, je comprends aussi ce que je suis allée chercher au Brésil une seconde fois, sur les traces de Ricardo : la conviction que je dois dépasser la fascination que j'ai pour cet homme et ceux que j'ai connus et choisir mon camp. Je suis du côté des femmes qui se battent, pour rester réveillées, pour joindre les deux bouts. Je suis avec elles, je les crois. Et je me sens appartenir à cette partie de l'humanité solidaire et puissante qui me fait du bien.

En réalité, cette prise de conscience a débuté un peu avant ce deuxième voyage au Brésil. Comme une éponge de mon époque, ou comme ces gens qui choisissent un prénom super original à leur enfant pour découvrir que c'est le plus donné de l'année, j'ai été entraînée par le mouvement #MeToo sans le savoir. Autour de 2018, j'ai soudain résolu d'envoyer une série de mails comminatoires et récapitulatifs, achevant brutalement plusieurs années de relations amoureuses à divers degrés. Je me suis cabrée et j'ai cessé d'accepter les compromis pourris, les semi-mensonges, les liaisons asymétriques, les contrats tacites et leurs clauses dégradantes. J'ai égrené dans ces courriers tout ce que j'avais tu, par crainte, par honte, ou par orgueil. J'ai dressé la liste des avilissements, des négligences, des petites maltraitances dont je me souvenais jusqu'au moindre détail. Tout ceci aurait semblé dérisoire à une autre époque, ou même « hystérique », selon l'expression consacrée, car je n'avais été ni battue, ni violée, mais c'était le moment de me débarrasser d'un modèle dont j'apprendrais le nom bien plus tard par les jeunes féministes. Ces courriers fielleux écrits sous l'impulsion d'une colère dont j'ignorais l'origine étaient assortis d'une interdiction de répondre et de la promesse que, fût-elle bravée, je ne lirais pas les réponses. Précaution réjouissante mais inutile, car je n'en ai reçu aucune. Mais c'est ainsi que j'ai mis un terme définitif à toute une partie de ma vie et que j'ai cessé d'avoir peur. Je me suis sans doute radicalisée, peut-être ridiculisée, mais je me sens moins seule depuis que je suis seule.

*

À mesure que Ricardo commet ses méfaits, l'histoire prend de l'ampleur dans la région. Un article légendé « Le Don Juan manipulateur » est publié dans la presse locale en 2011. À la fin du papier, un numéro de téléphone disponible pour celles et ceux qui auraient d'autres informations laisse entendre qu'il a fait de nombreuses victimes. Dix ans plus tard, le numéro sonne toujours à la DIG, le commissariat général de police de Jundiaí, qui me renvoie d'abord sur ce qui est accessible au public. La justice brésilienne a en commun avec le système suédois que je connais un peu (et d'autres que j'ignore) une totale transparence. Les procédures et les jugements sont disponibles en ligne pour tout un chacun. Il suffit de connaître les véritables noms et prénoms de Ricardo, de les googler, et les affaires sortent toutes seules. À l'instar de Marianne, brusquement plongée dans la vie numérique vertigineuse de son compagnon, je tombe de cette façon sur une constellation de victimes et de plaignantes qui donne le tournis. Il y a des rapports de police, des plaintes, des instructions, des condamnations que je mets du temps à démêler. La première action en justice est intentée par une femme prénommée Tatiana et date de juin 2003 alors que Ricardo a vingt-quatre ans. Mais il n'y a pas de détails car le système n'est pas encore informatisé. Je n'en avais jamais entendu parler et n'en saurai pas beaucoup plus, malgré mes efforts. Trois ans plus tard, en 2006, il est arrêté pour faux et usage de faux, condamné et détenu brièvement à la prison de Mario Moura Albuquerque Franco da Rocha, à São Paulo. Il n'y reste pas longtemps. En 2011, une série d'enquêtes est lancée par la DIG qui concerne des faits datant de 2009 et 2010 rapportés par Flavia, Bruna et Gisele, qui ne sont donc pas les toutes premières victimes contrairement à ce que je croyais. Le 27 octobre 2011, un mandat d'arrêt est émis. De nouvelles femmes témoignent : Debora, puis Juliana qui saisit la justice pour une histoire remontant à 2009. Je trouve ensuite une arrestation en 2014 pour détention de faux papiers, port illégal d'uniforme et de nouvelles plaintes émanant de deux femmes, Neuci et Ingrid. Une dénommée Perola est citée comme témoin. Le 13 décembre 2012, Ricardo est condamné en première instance à seize jours d'amende et un an et huit mois de réclusion en semi-liberté. Une peine dont il fait appel. En 2014, une nouvelle plainte pour vol est déposée par une certaine Ana Rita.

*

La scène suivante se déroule à la DIG de Jundiaí, lors de mon séjour au Brésil. Maria Beatriz Curio de Carvalho, impériale commissaire de police à l'œil de lynx et à la réputation terrible, est assistée de Silvia Lucia Marcos, avenante et dégingandée. C'est l'affaire de leur vie. Elles s'en félicitent encore : ce fut l'arrestation la plus intéressante en trente ans de carrière, *un immense bonheur et une grande fierté*. Au départ, leurs collègues masculins leur rient au nez. Ça ne marchera jamais, *le sujet est beaucoup trop intelligent*. Mais du côté de la loi, elles sont béton, il y a plusieurs plaintes et des antécédents. Le localiser est une autre affaire : où l'arrêter, par quel stratagème ? Les deux femmes conciliabulent, se chauffent, lancent des idées en l'air, s'enflamment, bref, elles brainstorment. Maria Beatrix est le cerveau de l'équipe. Je suis priée de bien noter qu'elle est docteur en criminologie et diplômée en psychologie. Elle se met donc dans la peau du tueur, enfin du séducteur, et réfléchit à sa place. Que veut-il par-dessus tout ? Quelle est sa motivation ? Son point faible ?

Elles racontent leur exploit avec gourmandise, se coupent la parole, renchérissent mais n'ont qu'un seul véritable désaccord. Pour Maria Beatrix, Ricardo est un homme commun, ni beau, ni musclé, vraiment quelconque. Il n'est pas intelligent, tout juste malin, pas sympathique, calculateur. Silvia, au contraire, ne nie pas son charme, ses beaux vêtements, sa fière allure et son parfum délicat. Ce qu'il aime par-dessus tout, conclut Maria Beatrix, c'est l'argent, c'est par là qu'il faut frapper. Avec la complicité du directeur d'une banque, les deux femmes tendent donc un piège diabolique à leur proie. Le scénario, finement ourdi, revient à retourner contre Ricardo ses propres armes en inventant une histoire rocambolesque mais crédible.

L'action commence avec un coup de fil de Maria Beatrix qui joue le rôle d'une employée de banque.

Dans le bureau de la DIG, face à moi, elle attrape le combiné du téléphone sur le bureau et me refait la scène avec la jubilation d'un Louis de Funès dans ses rôles fourbes et obséquieux.

— *Un dépôt de 3 000 reais semble avoir eu lieu sur votre compte, cher monsieur Ricardo, mais l'expéditeur n'est pas mentionné. Il faudrait que vous passiez à l'agence pour le confirmer. Nous ne pouvons pas rendre l'argent à cette personne puisque nous ne savons pas qui elle est, monsieur Ricardo. Regardez votre relevé, et si vous voyez apparaître cette somme, rappelez-nous, ça ne sera pas long.*

En raccrochant, Maria Beatrix parie avec Silvia qu'il va rappeler dans le quart d'heure. Dix minutes plus tard, la cible rappelle à la DIG, croyant parler à la banque. Silvia fait la standardiste et passe le scélérat à sa collègue. Auparavant, les deux femmes se sont débrouillées avec la banque pour que la somme apparaisse bien sur son compte avec écrit « en attente de régularisation ». Ce qu'il a pu constater. Maria Beatrix lui propose de passer à l'agence quand il veut et lui assure que ça ne prendra que cinq minutes.

J'ai beau me faire raconter cette mise en scène plusieurs fois par les deux femmes hilares, j'avoue que je n'en comprends pas bien les subtilités. Sauf qu'elles lui font croire qu'un dépôt a été effectué sur son compte et qu'il doit passer à l'agence pour toucher l'argent. Une semaine plus tard, Ricardo arrive donc comme une fleur dans cette agence de Jundiaí. On le fait monter et patienter à l'étage pendant que le directeur de la banque appelle la police. Maria Beatriz rapplique fissa avec deux collègues. Et lorsque Ricardo se lève pour aller dans le bureau de son conseiller, les policiers se rapprochent discrètement de lui, le menottent et le font sortir de la banque.

Au cours de l'interrogatoire, Silvia se fait un plaisir de provoquer Ricardo. *Alors, Don Juan, tu fais moins le malin, hein ? Tu ne veux pas venir chez moi, on pourrait faire connaissance...* Maria Beatrix ne se permet pas ce genre de remarques, précise-t-elle. Elle reste dans son rôle, pénétrée de gravité. Ricardo, tout aussi imperturbable, ne souffle mot. Elles diffusent ensuite sa photo dans le journal local assortie d'un appel à témoins et obtiennent de quoi épaissir un dossier déjà bien fourni.

Au commissariat, les deux policières ont le triomphe modeste. Mais elles se souviennent encore de cette arrestation comme d'une revanche prise sur le machisme de l'institution policière. Cet épisode me rappelle davantage l'aventure de Pinocchio, menteur d'entre les menteurs, qui se laisse aisément persuader par le chat et le renard qu'en enterrant ses précieuses pièces d'or elles pousseront et donneront à leur tour un arbre chargé d'or. Et perd ainsi tout son argent, bêtement pris au piège par un miroir aux alouettes.

Les faits qui sont reprochés à Ricardo sont tous plus ou moins similaires. Une routine qui nous est familière désormais mais qui se rode à cette époque. Les premiers faux papiers sont portugais, une nationalité qui disparaît une fois arrivé en Europe. Les autres chefs d'accusation se résument à l'escroquerie. Une qualification qui repose sur les trois prérequis suivants : l'utilisation d'artifice, de tromperie ou de tout autre moyen frauduleux, le maintien de la victime dans l'erreur, et l'obtention d'un avantage illicite au préjudice d'autrui. À l'une des victimes, ce sont 9 000 reais (environ 3 600 euros), qu'il promet de faire fructifier et ne rend jamais. Puis il y a ce projet de partir en amoureux à Paris pour lequel il vend sa voiture (à elle) pour 19 000 reais, 8 500 euros. Ils ne verront jamais Paris (enfin elle) et il garde l'argent. Une autre femme calcule avoir dépensé 13 000 reais, à peu près 5 300 euros, en achats et prêts divers avant qu'il ne la quitte en oubliant de lui rendre sa voiture (une autre). Laquelle auto est utilisée pour transporter des affaires qu'il vole dans l'appartement de Bruna. À Gisele, il emprunte et doit environ 50 000 reais (20 000 euros en 2010). Et ainsi de suite jusqu'à Ana Rita qui porte plainte car Ricardo a acheté une télévision à crédit à son nom et avec son compte, 15 mensualités de 142,70 reais, soit 2 140 reais (790 euros).

Les sommes ne sont pas beaucoup plus importantes que celles obtenues de Marianne ou de Carolina mais rapportées au niveau de vie du Brésil, où le salaire minimum est d'à peine 250 euros par mois, c'est beaucoup d'argent. C'est pourquoi les poursuites ont plus de chances d'aboutir, car elles sont plus motivées, mais aussi la raison pour laquelle il n'écope pas de lourdes peines car les sommes demeurent modestes. En proportion, du reste, il faut bien constater qu'avec le temps, il « emprunte » ou vole de moins en moins d'argent.

À la suite de son arrestation, Ricardo passe quelques jours en détention puis il est relâché. C'est à ce moment-là, je pense, qu'il entre dans une quasi-clandestinité et prend l'habitude de multiplier les alias. Depuis, Maria Beatrix est partie à la retraite, mais elle a gardé ses entrées impériales à la DIG et un bureau d'où elle me raconte cette victoire historique.

*

Deux ans se sont écoulés. Nous sommes en 2013, Ricardo a trente-quatre ans, plusieurs emplois fictifs à son palmarès mais celui-là est différent. Policier, c'est ce que font les hommes dans sa famille. A-t-il échoué à son examen comme Romand qui ne s'y rend tout simplement pas ? Est-ce à ce moment qu'il bascule dans une réalité « augmentée » ? C'est en tout cas un tournant dans sa vie, tant il met de cœur à devenir un faux policier modèle.

D'emblée, il tape plus haut que ses cousins : il choisit la police militaire, un corps chargé du maintien de l'ordre, qui n'a de militaire que le nom. Son poste comprend des actions de terrain et une mission de renseignement, type police des polices. Au Brésil, ces policiers sont tristement fameux pour leur promptitude à sortir leur arme à feu et à la pointer sur les personnes les moins blanches et les moins fortunées. Ils se sont distingués en 2023 par leur intervention en soutien à la tentative de putsch pro-Bolsonaro à Brasilia. À leur crédit, disons que leur tenue bleu-vert moulante est plutôt seyante. S'en procurer une est la première étape du projet. L'idée vient-elle à Ricardo en lisant l'avis de décès d'un policier mort en service (tué par un collègue) publié au journal officiel et précisant le montant de l'indemnité touchée par la femme du policier (100 000 reais, 40 000 euros : beaucoup) et son nom ? Ou bien est-ce simplement Neuci, l'une de ses compagnes d'alors, qui connaît cette femme et le met sur la piste ? Sans doute un peu les deux. En tout cas, Ricardo rend visite à la veuve et lui présente ses condoléances au nom de l'inspection générale de la police militaire. Il est chargé de veiller à ce qu'elle ne manque de rien et de récupérer les différents uniformes de feu son mari si elle ne souhaite pas les conserver. Sa tenue de tous les jours et celle d'apparat. La veuve s'appelle Ingrid, elle se laisse convaincre sans peine par ce jeune inspecteur en civil. Il ne rafle pas les 100 000 reais mais les uniformes semblent avoir été taillés pour lui. Il se procure les autres accessoires dans un magasin spécialisé : gilet pare-balles, pantalon, bottes, tee-shirt, et la fausse arme qu'il ne quitte pas.

De ce moment, il porte son uniforme en toute circonstance, laisse son arme sur le frigidaire et personne ne pose de questions. Il grimpe dans les autobus par la porte avant et passe gratuitement avec sa fausse carte de policier. Il reçoit de nombreux appels qui affichent CORREGIDORIA, c'est-à-dire « Affaires internes ». Neuci, l'une des plaignantes, se souvient d'un soir où il raccroche en larmes car un collègue est tombé lors d'une prise d'otage d'enfants. À la suite de quoi, Ricardo quitte précipitamment la soirée barbecue pour rejoindre son unité. Quelques heures plus tard, la même Neuci découvre ladite prise d'otage aux informations. Avec le recul, elle pense qu'il a probablement piraté la fréquence de la police ou quelque chose dans le genre. Il lui montre également des vidéos d'opérations spéciales qu'il a menées où on le voit nettement à l'intérieur d'une voiture de la police militaire. Elle identifie sa voix et son visage. Ceci et d'autres indices me laissent penser que cette fois, il a peut-être réussi à intégrer les rangs de cette police, au moins un temps.

Je me souviens qu'il y a une dizaine d'années, en France, un certain Jean-Philippe Gaillard, aussi nommé Philippe Gaillard ou Philippe-Olivier Gaillard, se présentant comme ancien pilote de chasse dans la Marine nationale et ingénieur de l'aviation civile, avait été sélectionné parmi des dizaines de candidats pour diriger l'aéroport de Limoges. L'homme qui le recruta alors, le président de la chambre de commerce et d'industrie, fut impressionné par son CV et ses connaissances. Une fois en poste, personne n'eut l'ombre du début d'un doute sur ses compétences ou son expérience. Les services de l'aviation civile, de la gendarmerie ou des douanes ne se méfièrent pas plus que les quatre-vingts collaborateurs qui travaillèrent sous ses ordres pendant plus de trois mois. Or Jean-Philippe Gaillard n'avait jamais piloté d'avion ni étudié l'aviation. Pascale Nivelle raconte bien dans *Libération* qu'à la fin l'imposteur ne fut pas démasqué en raison de son incompétence mais parce qu'il fanfaronnait dans une interview sur France 3 et qu'une ancienne compagne le reconnut. Ricardo a cette étoffe. De la police et de l'armée, il connaît les règles, les attitudes, le vocabulaire et la vie quotidienne. Il aura appliqué à la lettre la devise de Frank Abagnale Jr., son héros : « Continuez à mentir, jusqu'à ce que ce soit vrai. »

Sauf qu'un beau matin de septembre, tel un chirurgien du thorax qui rencontre une consœur dans un mariage, Ricardo se trouve nez à nez avec un policier qu'il ne connaît pas, Leandro.

Pour comprendre cette partie de l'histoire, il faut revenir quelques mois en arrière. Ricardo vit (entre autres) avec une des femmes qui témoigneront contre lui, Perola, dans un petit immeuble d'un quartier moyen de Jundiaí : rien de comparable avec le standing de Bruna mais un toit confortable. Lors d'une réunion de copropriétaires où il représente sa « femme », Ricardo, paré de son uniforme de policier militaire, propose ses services au syndic afin de sécuriser la résidence que pénètrent régulièrement des gamins de la favela d'à côté. Son offre gracieuse est accueillie avec reconnaissance par Neuci, l'avocate du syndic. Ricardo saisit cette occasion pour lui demander discrètement si elle peut le recevoir pour un conseil dans la procédure de divorce qu'il veut entamer avec Perola – dont il n'est évidemment pas le mari légal. Des urgences de services le poussent hélas à annuler plusieurs des rendez-vous qu'elle accepte gentiment de lui accorder. Ou bien il arrive et doit repartir sur-le-champ, sans avoir eu le temps de lui dire autre chose que quelques compliments bien tournés. Mine de rien, il grignote une partie de son espace mental, la fait attendre et sème dans un creux de son esprit une petite graine tendre qui ne demande qu'à croître. Ces reports et annulations sont pimentés de récits fantastiques d'opérations policières top secrètes qui paraissent ensuite dans la presse et à la télévision (ce qui renforce mon hypothèse qu'il dispose d'informations de première main).

Bientôt, il obtient la reddition complète de cette future bolsonariste de vingt ans son aînée, qui aime l'ordre, la sécurité, la police et succombe à ses ardeurs. Elle déteste avec autant de passion le Parti des travailleurs, Dilma Rousseff et surtout Lula, qui vient d'être mis en cause dans plusieurs affaires pour corruption, blanchiment d'argent, détournement de fonds et entrave à l'exercice de la justice. Ses amis encouragent vivement l'avocate à refaire sa vie avec ce type sérieux, beau gosse, qui a l'air fou d'amour. (Les amis ont horreur du vide.) Au passage, Ricardo débusque son point faible, un frère au chômage – un poids pour la famille –, et se rend indispensable en promettant d'associer le gamin à une obscure affaire de remorque, laquelle exige cependant certains investissements : 15 000 reais, environ 4 600 euros, pour lesquels Neuci fait un emprunt. La suite est prévisible. Mais pas le zèle que met Ricardo à sécuriser la résidence. Il installe des caméras de surveillance partout, s'équipe d'un talkie-walkie, s'affaire. Puis vient le moment où il attrape un gosse en flagrant délit, qui a justement fauché une caméra de surveillance. C'est Neuci qui raconte. Son compagnon attrape le gamin, le plaque contre le mur et lui colle son arme sur la tempe : « Je te donne dix minutes pour aller chercher la caméra, sinon je te tire dessus et je te tue. »

L'avocate est atterrée : le gamin, terrorisé, n'a pas quinze ans, tout juste un voleur de poules dans la misère. L'attitude du policier lui paraît disproportionnée et non professionnelle. Le môme rapporte son butin ventre à terre mais Neuci en garde un goût amer. Soit Ricardo est dangereux, soit il n'est pas policier.

Leandro est tout l'inverse, un officier de la police municipale tranquille, honnête, droit dans ses bottes. Au premier abord, il a l'aspect d'un flic obtus, un brin idiot, assez ennuyeux. Au second, il émane de lui quelque chose de rassurant, de solide, une terre ferme. Il n'a jamais tiré un coup de feu de sa carrière et lui ne se prend pas pour Mel Gibson, dit-il. Neuci qui s'est occupée de son (vrai) divorce est devenue son amie. Elle lui présente naturellement Ricardo. Les deux hommes s'entendent bien : pizzas, barbecues, soirées entre amis entrecoupées de coups de fil, urgences, émotions. Alerté par Neuci à la suite de l'épisode du gosse des favelas, il n'en faut pas beaucoup à Leandro pour découvrir que l'ami de son amie ne figure pas sur les registres officiels de la police militaire ni des renseignements intérieurs.

Cette fois, le délit n'est pas mince, ce n'est plus un Don Juan à la petite semaine qui détrousse des victimes vite jugées coupables de naïveté mais une atteinte à la sécurité de l'État. Leandro ne rigole pas.

Ricardo est au volant de la voiture de Perola lorsqu'il est intercepté au cours d'un banal contrôle routier, fomenté par Leandro. Il est poursuivi pour faux et usage de faux – les faux papiers portugais, la fausse carte de police –, vol, port illégal d'uniforme et d'une arme qui, en fin de compte, n'a rien d'un jouet. Le reste de son équipement est retrouvé dans une cachette près de l'aéroport de Campinas qu'il indique aux policiers.

Le prévenu passe la nuit au commissariat mais au petit matin il est relâché pour être convoqué à une audience fixée deux mois plus tard. En réalité les charges ne sont pas si lourdes, la plainte de Neuci pour escroquerie n'est pas retenue : le jugement *in absentia* retiendra que le comportement de Ricardo est atypique, puisqu'il n'y a pas eu d'utilisation de fraude pour obtenir un avantage illicite, qu'il n'a pas disparu après avoir obtenu les prêts accordés par la prétendue victime, que les prêts ont été accordés volontairement, sans aucune tromperie. Le fait que le défendeur ait utilisé l'argent collecté dans un but autre que celui initialement mentionné et n'ait pas réglé sa dette auprès des victimes ne suffit pas à caractériser la fraude.

Quelques jours plus tard, Ricardo, qui ignore la part qu'elle a prise à son arrestation, débarque chez Neuci pour lui annoncer une terrible nouvelle : son père, en visite au Portugal, s'est noyé au cours d'une partie de pêche au large des côtes (*sanglots*). Tremblant d'émotion, Ricardo déclare qu'il doit partir sur-le-champ rapatrier le corps et soutenir sa grand-mère qui vit là-bas. Et il y a autre chose : depuis longtemps, cette aïeule a promis de lui remettre un sac de pièces d'or qu'elle garde pour lui depuis sa naissance. Avec cet argent Ricardo pourra rembourser Neuci. (Ou les faire pousser au pied d'un arbre ?) Il la supplie de l'accompagner dans ce périple, de le soutenir dans cette épreuve. Par bravade et pour voir jusqu'où il va aller, l'avocate ne dit pas non. Un court instant, Neuci joue, elle aussi. Quelque chose dans son attitude alerte cependant Ricardo car dix minutes plus tard son téléphone sonne : le commandement de la police l'autorise à voyager avec les forces aériennes brésiliennes, il ne peut pas être accompagné. Il sera de retour dans une semaine.

Ricardo disparaît alors des radars et ne remettra jamais plus les pieds au Brésil, où il a été condamné en appel pour les délits de 2011.

Trois ans plus tard, son véritable père meurt seul à l'hôpital de la Charité São Vicente de Paulo à Jundiaí. Il a cinquante-quatre ans. Le certificat de décès mentionne un traumatisme crânien, l'usage de drogue et d'alcoolisme, confirmant les informations que me donne Neuci. Sa mère s'est remariée depuis longtemps et a eu un autre enfant, Fabio, que Ricardo présente comme son cousin ou son neveu et auquel ses compagnes successives et simultanées envoient des colis, un iPad, une Nintendo Switch, un ordinateur… Quant à Neuci, elle s'autorise parfois à rêver qu'un jour il reviendra et qu'avec Leandro, ils imagineront une situation de légitime défense pour que le policier puisse lui tirer dessus. Puis elle se ravise. Le destin se chargera de ça.

6.

Six années ont passé depuis son départ du Brésil, autour de 2013-2014. Ricardo a vécu en Argentine, en Espagne, à côté de Valence, et brièvement au Portugal. Je trouve des traces de ses passages laissées dans des adresses temporaires, des conversations en ligne, et des tractations qu'il mène par mail pour obtenir des faux papiers. Il est, semble-t-il, en contact avec des Brésiliens qui trafiquent toutes sortes de choses illégales. Mais je ne découvre rien de plus précis jusqu'en 2015. Il s'installe alors en France avec les femmes qu'on sait. Après ses différentes ruptures, il quitte la France. En scrutant ses échanges sur les réseaux, en écoutant les récits de celles qui nouent avec lui de brèves histoires, je le vois ensuite passer en Belgique, en Slovaquie, en Scandinavie, et même en Israël devant le Mur des Lamentations sur une photo (trafiquée ?) qu'il envoie à Marianne. En 2020, il vit essentiellement à Cracovie, où il s'est marié. Comme la loi le permet en Pologne, il a pris le nom de famille de sa femme Beata, la *couchsurfeuse* qui vérifie la crédibilité des déclarations. Il lui faudra encore quelques années pour obtenir la nationalité polonaise mais il semble avoir une existence légale, avec un permis de travail, des papiers, une épouse et un nom de famille polonais. Il aurait même un emploi, des collègues, des revenus, une vie ordinaire, banale. Sur ce plan, les informations recueillies par Marcin Magdón paraissent plutôt fiables, pas bien compliquées à obtenir au demeurant.

*

Commence ici la partie de mon enquête la plus incertaine. En me laissant un peu de temps, j'ai décidé de lui écrire, sans le piéger, ni mentir sur mon objectif. Je vais lui raconter ce que je sais et lui demander sa version. Je veux remplir les vides, mettre un cadre autour du visage et une *face* dans le *hole*. À vrai dire, j'ai du mal à croire qu'il se soit arrêté, qu'il n'y ait plus de pièces d'or, ni de blouse blanche, de coups de fil dans le vide et de deuils brutaux, mais pourquoi pas. Le rôle de l'homme moyen, un *salary man* honnête, fidèle, intégré à sa communauté, qui trie ses déchets et a les pieds sur terre, pourrait être sa nouvelle performance. À moins qu'il ne surjoue la contrition, le repentir, la honte, comme Jean-Claude Romand qui, lors de son procès, disserte humblement sur le sens de la vérité, son incapacité à dire « je », implorant un pardon qu'il sait impossible. J'imagine en tout cas mon imposteur suffisamment narcissique, joueur, pour accepter de me rencontrer par défi, ou pour avoir l'occasion de donner une bonne image de lui. Je le crois dépourvu d'empathie mais pas d'émotions. La volupté narcissique figure tout en haut de la liste. En relisant *L'Adversaire*, une phrase lâchée par un psychiatre dans les coulisses du procès m'encourage : « S'il n'était pas en prison, il serait déjà passé chez Mireille Dumas ! » Quand on songe que l'émission-phare de cette professionnelle de l'intime s'appelait « Bas les masques », le trait est encore plus piquant.

Une part de mon entreprise n'est pas dénuée non plus d'une certaine vanité. Comme une midinette guette sa vedette, je veux le voir par moi-même, *en vrai*, sentir l'effet qu'il me fait, voir s'il s'intéresse à moi, me regarde, essaie de me séduire. J'ai envie de jouer à mon tour, de sentir cette adrénaline que distille le danger, d'avoir deux trois longueurs d'avance, d'y prendre du plaisir, de me mettre à sa place. Je ne suis pas prête à tout, comme le journaliste décrit par Janet Malcolm dans *Le Journaliste et l'assassin*, « qui se nourrit de la vanité des autres, de leur ignorance ou de leur solitude, (...) gagne leur confiance et les trahit sans remords ». Mais je ne peux pas m'arrêter là.

Une pensée me traverse qui contrarie hélas mon projet protestant, honnête mais pas trop. Je me demande comment je n'y ai pas songé avant. Si je confronte cet homme, que je le mets à nu en posant devant lui cette montagne de mensonges et ces années d'enquête, non seulement c'est le pire qu'on puisse lui faire, me disent les deux psychiatres que je finis par consulter, mais il est évident qu'il cherchera à identifier mes sources. Il tentera de les intimider par tous les moyens, comme lors de l'épisode du « bloc », il les menacera, les poursuivra jusqu'en enfer, elles ou leur famille. Or il n'y a rien que je souhaite moins. Au moment où je le contacte, il se trouve qu'une de ses ex-compagnes traverse un moment particulièrement douloureux de son existence. En aucun cas, je ne veux l'exposer à recevoir une demande d'explication sonore ou musclée, des insultes ou même des menaces. Je sais que cet appel lui serait insoutenable. Tandis que j'écris ce livre, le danger pour elle est passé. Et quand il paraîtra, les foudres de Ricardo, si elles doivent se diriger sur quelqu'un, tomberont sur moi, j'espère. Mais à ce moment précis, soumettre cette jeune femme, ou les autres, à ce type de stress n'est pas imaginable.

*

Tout est parti ensuite d'une photo que Ricardo a envoyée à Marianne, bien après son départ, trop fier pour résister. On le voit poser en souriant sur un podium à trois marches, vêtu d'une tenue de *running* et d'un dossard rouge siglé *Krakow Corporate Run 2020,* avec le logo d'une société d'*outsourcing* bien connue. La photo n'est pas retouchée, mais ça ne veut pas dire que les coureurs ont gagné la course : le podium est un décor. Aux côtés de Ricardo, trois autres quadras en short forment une des *running teams* de ce semi-marathon organisé par les jeunes pousses pour faire du *team building*, entendez souder les équipes, faire un *truc fun* ensemble. L'événement est amplement documenté sur une page dédiée avec les noms des participants de chaque entreprise. Les camarades de Ricardo existent bien, l'un se prénomme Juan, les deux autres ont des noms polonais. Marcin me promet de les retrouver et de vérifier si Rico travaille bien pour cette boîte.

Au départ, j'essaie pour voir, sans trop y croire : ce serait juste un petit mensonge, une gentille fable. La seule chose qui compte c'est que n'apparaisse aucun lien avec les victimes, ni avec la France. Je deviens donc une journaliste suisse (pour mon accent français, en anglais), je m'appelle Sofia, je suis basée à Cracovie. Avec une collègue polonaise (la traductrice des Zoom), nous nous intéressons aux étrangers qui réussissent à s'intégrer en Pologne en participant à des événements collectifs, par exemple des marathons, organisés par leur entreprise ou par la ville. Nous cherchons à rencontrer des *runners* qui accepteraient d'évoquer leur parcours d'intégration professionnel et citoyen, et le sens que revêt pour eux ce genre de courses. C'est le pitch.

Tout ceci s'organise depuis Paris. Nous nous sommes procuré une puce polonaise pour que les appels n'affichent pas de provenance française, ni qu'ils apparaissent masqués, ce qui est toujours suspect. Ma coéquipière a bien voulu prêter son nom à la mascarade : elle publie régulièrement des articles dans la presse polonaise, en quelques clics on peut le vérifier.

Nous nous concentrons sur le *Corporate Run* de 2020 et contactons quelques participants à travers les réseaux sociaux. Mais pas Ricardo. Il faut que quelqu'un d'autre nous conduise à lui, qu'il ne puisse pas imaginer que nous le visons. À chaque coureur qui nous répond, nous expliquons notre sujet, notre angle, que nous souhaitons interviewer des profils et des nationalités variés. Peut-être y a-t-il aussi dans leur entourage d'autres coureurs qui auraient envie de participer à notre reportage ? Plusieurs *marathon men* nous parlent au téléphone, quelques-uns consentent à nous rencontrer, dont Juan, qui est espagnol et apparaît sur la photo du podium. Spontanément, ce garçon nous propose d'avertir un ancien collègue à lui, un Brésilien qui a changé de travail depuis mais faisait partie de sa *running team* en 2020. *Ah oui, intéressant, un Brésilien, pourquoi pas*, répond ma collègue d'un air détaché de grenouille à petite bouche.

Des études montrent que la surcharge cognitive induite par la complexité de cette opération mentale qu'est le mensonge produit un stress quantifiable. Il est plus difficile pour le cerveau de mentir que de dire la vérité. Or à ce moment-là, contacter Ricardo de la part de Juan pour l'interviewer sur les marathons d'entreprise me semble tout l'inverse : je me sens à l'abri, en sécurité derrière ce récit qui me protège. J'ai mis ma cape d'invisibilité, je suis légère, puissante, avec une pointe d'excitation. Je suppose que ce sont des sensations que Ricardo a éprouvées plus d'une fois : le coup de fil est grisant, je conçois l'addiction potentielle. Enrichir notre fable de détails pour la rendre crédible et inspirer confiance vient tout seul. Nous réalisons en tout une dizaine d'interviews au téléphone. À son tour, aurait-il des amis à nous recommander, une fille serait bienvenue dans notre panel, nous n'en avons pas trouvé. Ricardo pense à une amie mexicaine qui travaillait dans la même société que lui, il va lui proposer. Nous rappelons ensuite les trois coureurs, Juan, la Mexicaine et Ricardo, avec des dates pour des entretiens qui, s'ils donnent leur accord, pourraient être filmés par une chaîne de télévision locale (*locale* pour ne pas trop effrayer, et obtenir en même temps des images). Nous suggérons à Ricardo un créneau le lendemain des deux autres, en misant sur le fait qu'ils vont l'appeler pour lui raconter et que leur récit pourra le rassurer, si tant est qu'il s'inquiète.

Ce qui n'est nullement le cas. Pas un instant, je n'aurais imaginé que l'as de la mystification et de l'embrouille se laisserait berner aussi facilement en acceptant une rencontre, qui plus est *filmée*. Mais il ouvre son large bec et lâche : *no problem, yeah*. Il espère seulement qu'il ne fera pas trop froid car nous avons prévu une séquence de course en extérieur. Puis il s'excuse, il a un *meeting* avec son équipe dans quelques minutes, il doit nous laisser.

En raccrochant, je me retrouve les bras ballants, abasourdie, dépassée par ma propre fiction. Un jeu d'enfant. Il n'a posé aucune question. Il s'est plutôt préoccupé de donner une bonne impression, d'être professionnel. Mais pourquoi aurait-il douté ? Au fondement du langage, il y a cette convention tacite qui implique que nous disons tous *a priori* la vérité. Tant qu'il n'y a pas de raison d'en douter, pourquoi ne pas y adhérer ? Lui comme les autres. La pensée qui me vient ensuite est plus angoissante : « Il va falloir y aller. » Cette opportunité, aussi folle soit-elle, ne se représentera jamais. Après tout ce temps investi, ces recherches lancées et ces questions sans réponse, reculer me paraît mécaniquement impossible. Mais cet énorme mensonge me pèse déjà. Une peur diffuse mais envahissante me gagne, un méchant effet de réel qui se traduit par une solide boule au ventre accompagnée de nausées. L'hypothèse qu'il soit devenu « respectable », se soit intégré justement et mène une vie rangée augmente mes scrupules d'un cran.

Pour apaiser ma mauvaise conscience et mes maux d'estomac, j'entreprends donc de démarcher des journaux polonais et des télévisions locales susceptibles d'être *véritablement* intéressés par un reportage positif sur les gentils étrangers qui veulent s'intégrer en participant aux marathons. La solution est trouvée, *no problem*, je vais faire ce sujet, qui est du reste très intéressant : c'est vrai, la course à pied est un sport démocratique, gratuit, populaire mais est-ce que ça n'est pas aussi la dictature de la bonne santé, d'un idéal hygiéniste ? Sans compter que courir pour son entreprise implique une identification au travail, « je suis ma boîte », qui présente de réels dangers pour son équilibre mental. Et les personnes en surpoids ? en situation de handicap ? ou celles qui détestent courir ? Ne vont-elles donc pas s'intégrer en Pologne ? Autant de questions passionnantes que je propose de traiter en longueur à des interlocuteurs interloqués. Que je ne parle pas polonais n'est pas un obstacle, je ferai traduire, c'est un sujet trop important.

Ce que j'y gagnerais, c'est la possibilité de dire sans mentir la phrase : « Je tourne un sujet sur les étrangers qui courent les marathons. » Une ruse de la raison qui s'apparente à la doctrine de la restriction mentale, populaire chez les Jésuites. On ajoute dans sa tête une proposition comme « je dis que », si bien que la phrase « les éléphants sont roses » constitue une affirmation qui correspond à la réalité : ça ne veut pas dire que les éléphants sont roses mais seulement que je l'ai dit. Autre possibilité : on garde pour soi un élément de contexte qui modifierait le sens de la phrase, on l'omet mais au sens strict la phrase n'est pas fausse. Cette dernière forme est proche de la pratique de la *taqîya* qui, dans l'islam, autorise à dissimuler ou nier sa foi afin d'éviter d'être persécuté. Les chiites qui furent copieusement massacrés lors de la fameuse bataille de Kerbala en 680 en ont fait un fondement de leur foi (*ketman* en persan). La dissimulation rationnelle est devenue par la suite une stratégie de combat révolutionnaire et a permis aux dirigeants de la République islamique de justifier toutes sortes de trahisons. L'hypocrisie du procédé est flagrante. Mais je m'y accroche comme à un petit dix pour cent de probité candide.

*

Dix jours plus tard, Cracovie respire à peine dans une ambiance glacée de fin de Covid, ses rues désertes et ses regards suspects. Nous sommes en novembre 2020. Les commerces tirent leurs rideaux à dix-huit heures, les restaurants sont encore fermés et Marcin Magdón est à son bureau. Il me donne deux informations récentes et vérifiées. Ricardo a quitté sa première société d'*outsourcing* et officie à distance pour une entreprise hollandaise qui s'occupe de relations humaines. Il vit toujours avec Beata dans le même studio de trente mètres carrés où le détective a pénétré *sous légende*, une seule grande pièce avec deux bureaux d'où ils télétravaillent tous les deux. Marcin est catégorique : ils n'ont pas d'enfant. Dès qu'ils le peuvent, ils partent en voyage, comme on le voit sur les réseaux sociaux qu'elle alimente régulièrement de couchers de soleil, plats fumants exotiques, monuments historiques, lagune vénitienne, camping-car en Suisse, Mur des Lamentations. Nulle trace d'être humain sur les images, pas d'autochtone, pas de photo d'elle ni de lui, une précaution qu'il lui a sans doute demandé de prendre après avoir été *outé* par les femmes du « bloc ». En zoomant bien sur son profil Facebook, on découvre cependant un minuscule signe de vie : leurs deux visages côte à côte imprimés sur un magnet collé sur le frigo parmi d'autres.

*

Nous avons déniché un petit café à Kazimierz, l'ancien quartier juif de Cracovie, qui a ouvert ses portes rien que pour nous. À l'arrière, un coquet jardin avec quelques tables oubliées au milieu des feuilles mortes semble sorti d'une longue hibernation. Le propriétaire a allumé un chauffage extérieur dont les flammes s'agitent vaillamment. Un décor froid, bleu et feutré qui paraît retenir son souffle en attendant l'entrée en scène des personnages.

La veille, nous avons conduit là des entretiens sur les marathons avec Juan et la jeune femme mexicaine, deux sympathiques forcenés de la course à pied qui nous ont communiqué leur passion avec entrain.

Nous nous sommes ensuite rendus en dehors de la ville pour les filmer quelques minutes en train de courir comme des personnages de Kiarostami, évoluant en lacets sur le flanc de petites collines dénudées, dans un parcours vain et sans fin.

Le lendemain, Ricardo est arrivé à l'heure derrière un masque noir, qu'il a ôté pour laisser s'épanouir un large sourire. Il portait une veste Quechua à capuche bleue et un pantalon de survêtement noir collant qui ne cachait rien des effets bien connus des confinements sur la silhouette. *Vous pourrez m'enlever les six kilos que j'ai pris pendant la pandémie avec des effets spéciaux* ? nous demandera-t-il plus tard, d'un air complice. Nous lui avons expliqué comment allait se dérouler l'entretien mais il le savait déjà : la veille, Juan lui avait raconté notre rencontre. Ce qui m'a frappée d'emblée, c'était son regard, des yeux essayant d'être partout à la fois, d'embrasser la situation le plus vite possible, scannant les détails et les angles morts.

Avec ma collègue, nous avons fait semblant de décider sur le moment que ce serait moi qui conduirait l'entretien, en anglais. Il m'a demandé en plaisantant : *Are you nervous ?* En deux secondes, il avait absorbé mon émotion. Dingue. Puis nous nous sommes installés dans le jardin et lui avons proposé de le maquiller, ce qu'il a fait mine de décliner avant de se rallier, pas mécontent de recevoir les égards dus à ce nouveau rôle. Il ne s'est pas privé de coquetteries en mentionnant plusieurs fois ses « yeux de panda » le matin, des cernes violets assez prononcés que je n'avais pas remarqués sur les photos. Il a repéré illico les deux caméras que nous avions installées et a voulu savoir laquelle il fallait regarder.

Pour commencer, je lui ai demandé de se présenter et ce fut le plus difficile : dire son nom, qui il était et d'où il venait. Il s'y est repris quatre fois : il a d'abord savonné sur son âge, puis il a dit deux fois « *guy* » dans la même phrase ce qui ne lui plaisait pas, alors il a recommencé. Une troisième fois, il s'est emmêlé puis a pouffé de rire ou de gêne avant de se ressaisir et de réussir enfin à décliner son identité et un bout de son histoire. Je m'appelle Ricardo Nowak, j'ai quarante et un ans, je suis brésilien, d'origine polonaise par mon grand-père. Je vis à Cracovie depuis six ans.

Il a parlé de sa passion pour la course à pied sans forfanterie, avec profondeur et intelligence. Visiblement, il s'était préparé. Le sujet l'inspirait. Il a évoqué son premier marathon à Rio au cours duquel il avait littéralement failli mourir au bout de trente-cinq kilomètres, à cause des crampes, de la douleur. Mais il s'était senti soutenu, comme porté par la foule qui lui criait « vas-y, continue, tiens bon, allez, ne t'arrête pas ». Sans ces encouragements, et la chaleur humaine extraordinaire qu'il avait ressentie à ce moment-là, jamais il ne serait allé à la fin des quarante-deux kilomètres.

La course était véritablement devenue une addiction à l'époque de son service militaire, il y a une vingtaine d'années, lorsqu'il était entré dans l'équipe de coureurs du régiment. Depuis, il ne s'était pas arrêté. Contrairement à certains, il ne courait jamais pour gagner, mais contre lui-même, essayant à chaque fois d'être meilleur, de se dépasser. Pour lui, courir n'était pas une fuite, mais une quête. Il poursuivait un but, difficile à identifier, mais c'était ça : il courait vers quelque chose, il ne s'échappait pas. *Running for* plutôt que *running from*. J'ai pensé alors qu'il suffisait de changer *courir* par *mentir* pour comprendre une bonne partie de ce qui habitait l'âme de cet homme.

Spontanément, il a donné au *running* une dimension métaphysique. En n'écoutant que le bruit de ses propres pas, en se laissant porter par leur rythme répétitif, régulier, il se trouvait projeté dans une autre dimension. Il se sentait réellement transporté : le monde réel disparaissait, son esprit s'égarait et prenait des chemins inattendus, retournant parfois au temps de son enfance, dans des lieux où il avait vécu. Au milieu de mille coureurs, ce qu'il entendait le plus souvent, c'était le silence. Jusqu'à ce que son alarme sonne la fin de la course.

Il ajoutait régulièrement *to be honest* au début des phrases, restait humble et plaisantait volontiers, affable. Quand j'ai voulu savoir qui de Juan ou de lui finissait en premier, c'était comme si je lui demandais la différence entre une Fiat Panda (lui) et une Ferrari (Juan) ! On ne pouvait pas comparer. Petit à petit je me suis détendue, j'ai écarquillé les yeux et j'ai commencé à profiter du spectacle.

Dans sa courte biographie, il a insisté sur le fait que son grand-père était polonais, et qu'il avait immigré au Brésil au début du siècle, à Curatiba, où il y a en effet une forte communauté d'origine polonaise. Raison pour laquelle, a-t-il précisé, il portait le patronyme « Nowak », celui de son aïeul et de son père, et avait donc un peu de sang polonais. Mais c'est sur son intégration à Cracovie, notre angle principal, qu'il a donné le meilleur de lui-même. Avec sa femme, rencontrée à Paris par hasard, ils avaient décidé de quitter la France après les attentats terroristes de 2015 pour s'installer ici. Il avait dû abandonner son travail dans l'industrie automobile et à son arrivée, il était resté quatre mois au chômage. Sa femme, en tant que polonaise, avait obtenu sa mutation plus facilement. Au cours de cette période sans travail, il avait sympathisé avec un groupe de gars qui couraient dans un parc à côté de chez lui. Ils l'avaient accueilli avec chaleur et il s'était intégré à la petite équipe de *runners*. L'un d'eux, Pavel, habitait justement dans son immeuble. Et c'est grâce à Pavel, qui allait devenir son meilleur ami (et le digne successeur de Jean-Yves et Bill), et donc à la course, qu'il avait trouvé son premier job en Pologne. Je l'ai regardé, étonnée et admirative, et j'ai marmonné quelque chose comme *Amazing !*. Il a confirmé *True story, no bullshit,* avant de s'excuser d'avoir dit un gros mot. *Vous couperez ça.*

C'est une chose d'entendre des fables rapportées par un tiers, c'en est une autre d'avoir sous ses yeux quelqu'un qui vous ment en souriant. J'avais lu avant de venir une étude assez complète sur « l'effet Pinocchio » qui n'a rien à voir avec les pièces d'or mais questionne la possibilité de détecter le mensonge en observant des modifications de la parole ou du visage, comme le nez de Pinocchio qui s'allonge. L'article écrit par un psychologue judiciaire québécois et un ancien agent du FBI compile de nombreux travaux. Certains inspirés de la programmation neurolinguistique affirment que le comportement non verbal représente jusqu'à 93 % du message transmis et que la position des yeux notamment, en haut, en bas, à gauche ou à droite, est susceptible d'indiquer si la personne dit la vérité ou ment. D'autres montrent au contraire qu'il n'y a aucune corrélation entre la direction des yeux et le mensonge. Il en est de même pour les micro expressions faciales, les clignements d'yeux, l'inclinaison de la tête qui n'indiquent finalement pas grand-chose de définitif. Les seuls signes de mensonge décelables seraient des comportements figés comme la réduction des mouvements corporels et le regard fixe (sans clignement des yeux, regard droit dans les yeux). Et encore ceux-ci renvoient plutôt à la surchauffe cognitive dont je parlais plus haut. Certaines études estiment finalement que la parole donnerait des indicateurs plus intéressants que le *body language*. Lorsque le sujet ment, son discours présenterait plus d'hésitations, moins de mots, de détails, plus d'omissions. J'observais personnellement l'inverse. Lorsque Ricardo créa ensuite sous mes yeux sa fiction la plus gonflée et la plus risquée, ses lèvres se sont serrées, son visage est resté figé et il a parlé plus doucement. D'ailleurs à la fin, le psy et l'ancien flic en arrivent à la conclusion que peu d'indicateurs observables sont réellement fiables, que l'effet Pinocchio n'existe pas et que la seule façon d'être absolument certain qu'une personne a menti, c'est de connaître la vérité. C'était mon avantage.

À en croire Ricardo, la Pologne était un pays formidable. Ses habitants étaient chaleureux, polis, toujours prêts à rendre service, même à un étranger qui ne parle pas un mot de leur langue. Pour rien au monde il ne serait rentré au Brésil, il adorait son pays d'adoption. Il estimait au passage que les Polonais ignoraient la chance qu'ils avaient de vivre là. Il a dit ça d'un ton enjoué, à mon attention et à celle de ma collègue polonaise. Quelque chose comme « Franchement les gars, je vous entends souvent vous plaindre de votre pays, qu'il n'y a rien, pas de paysages grandioses, d'endroits cool, de distraction. Il faut apprendre à connaître la Pologne mieux que ça. Croyez-moi. Bien sûr vous n'avez pas les plages des Caraïbes, la mer n'est pas aussi bleue, mais ça reste un pays génial : on peut y découvrir des endroits et des gens magnifiques si on s'en donne la peine ». L'office du tourisme polonais n'aurait pas fait mieux.

Pour rendre la tirade crédible, il y avait tout de même un bémol : le froid terrible, les hivers trop longs, les jours trop courts. De toute façon, en dessous de vingt degrés, il avait froid ! On a ri. Mais il ne plaisantait qu'à moitié. Je voyais bien qu'il commençait à se geler dehors dans son legging, mais ça ne m'a pas gênée.

J'avais préparé d'autres questions générales, mais je n'ai pas eu besoin de les poser. Je restais sur la course, la Pologne, l'intégration, sa vie ici. Aussi je lui demandai le plus naturellement possible s'il avait des enfants et s'ils couraient parfois avec lui. Ses lèvres se sont légèrement serrées, il n'a pas bougé et il a dit qu'il avait deux filles, de six et huit ans. Qu'hélas elles n'aimaient pas courir, qu'elles étaient déjà à fond dans les jeux vidéo, les tablettes, sur leur téléphone. J'ai enchaîné trop vite sur mon fils tout aussi obsédé par les outils numériques, une véritable plaie. Mon cœur s'est mis à battre la chamade. J'avais trouvé ce que j'étais venu chercher.

Il a mentionné ses filles deux autres fois au cours de cette matinée. Une fois quand il a raconté qu'il courait le matin « après les avoir déposées à l'école », une autre quand nous sommes sortis le filmer dans un parc qu'il a dit connaître car il y courait parfois avec ses filles dans la poussette. Il a expliqué qu'il attachait une sorte de carriole dans son dos et courait en les tirant. Sur le moment je n'ai pas fait attention mais par la suite j'ai vérifié, on appelle ça le *running poussette.* (Mais on n'y met certainement pas des enfants de six et huit ans !) Pour cacher mon trouble, j'ai encore enchaîné rapidement. Mais ses deux filles avaient fait basculer l'entretien dans une autre dimension et donné à mes recherches un tour nouveau.

Jusque-là, Ricardo avait plutôt caché ses enfants, il n'en avait pas inventé, sauf avec sa mère. Or dans ce jardin glacé, face aux deux caméras et aux quatre paires d'yeux qui ne le lâchaient pas, elles avaient fait irruption, elles s'étaient imposées à lui comme une évidence à l'intérieur d'un tableau bien composé : un quadra intégré, épanoui dans son travail, sportif, marié et… heureux père de deux petites filles de six et huit ans. Il n'avait pas pu résister, ça collait trop bien, il lui fallait ces enfants.

Pour bien se rendre compte de ce qu'il faisait, il faut garder à l'esprit que cet entretien était destiné à être *publié*, et que les images allaient censément être *diffusées* à la télévision, certes locale, mais accessibles à tout un chacun, que sa femme allait les voir, ses collègues, ses amis, tout le monde allait en parler et découvrir qu'il mentait. Car il vivait seul avec Beata dans un petit appartement, sans l'ombre d'un enfant. Elle le savait bien sûr et tout son entourage, les voisins, Juan et la copine mexicaine, *ad minima*. Les enfants de cet âge ne sont pas discrets (et à six et huit ans, il est encore rare qu'ils aient un smartphone). Concrètement, le bénéfice matériel était inexistant, la prise de risque énorme. Il n'y a pas pensé. Ou peut-être si. Mais l'habitude a été plus forte, la tentation, comme reprendre une dose, retrouver la sensation encore une fois.

Les psychiatres parlent dans certains cas de comportement « ordalique ». En schématisant, ce sont des conduites à risque, parfois mortelles comme certaines toxicomanies, au cours desquelles le sujet remet son sort entre les mains du destin, du hasard ou de la providence. Il y a le frisson du danger, l'adrénaline etc., mais surtout, s'il parvient à s'en sortir, à rester en vie, le sujet éprouve une grande satisfaction d'avoir échappé à la mort ou de ne pas avoir été découvert, et de pouvoir recommencer. Dans le langage courant on dirait : « Même pas mort. » J'ai senti chez Ricardo quelque chose d'approchant, un cran au-dessus de « jouer avec le feu ».

*

Comme elle respire : j'ai découvert ce film éloquent de Pierre Salvadori bien plus tard. Mais il m'a donné, en définitive, la clef de la scène des deux petites filles. Marie Trintignant y joue une mythomane incurable. Au terme de plusieurs vaines tentatives de se soigner ou de s'arrêter, acculée de toutes parts, elle quitte la civilisation pour se réfugier dans une bergerie en plein maquis corse. Avec elle se trouve Guillaume Depardieu, qui l'aime et la suit dans sa fuite comme dans ses fictions. Comme Beata avec Ricardo probablement, son amoureux s'est résolu à accepter cette part d'elle : il croit ou fait semblant de croire à toutes ses fables extravagantes. On devine alors qu'ils vont couler en Corse des jours heureux. Mais il ne s'en passe pas deux dans ce paradis avant que la jeune femme, un beau matin, ne descende sur la route, fasse un signe à la première voiture en vue et soit prise en stop par un conducteur ébahi à qui elle raconte une histoire mélodramatique et rocambolesque. L'homme est tout ouïe, bouleversé. Elle respire. Elle est vivante. La voiture disparaît au loin.

Bientôt cinq ans après avoir rencontré Marianne pour la première fois, l'expression « mentir comme on respire » s'incarnait enfin sous mes yeux. S'inventer des vies parfaites avec des détails impeccables était devenu pour Ricardo son oxygène, un besoin vital. Tout ce qu'il mettait en place autour, les rencontres, les femmes, l'argent, la manipulation perverse, était destiné à lui permettre d'aspirer ces bouffées de plaisir, aussi addictives, indispensables que l'air qu'on inhale. Ses interlocuteurs étaient interchangeables et ses compagnes si différentes car elles n'avaient pas d'importance. Qu'elles fussent blanches, maigres, grandes ou petites, qu'elles s'identifient comme homme, femme ou trans, peu importait, pourvu qu'il puisse mentir. En dehors des occasions qu'ils lui offraient de reprendre son souffle, les autres l'indifféraient, à peine existaient-ils. Comme Malotru lorsqu'il était sous légende, ce que Ricardo aimait par-dessus tout c'était « sentir son cœur battre à toute vitesse, l'entendre marteler à l'intérieur de son oreille et ne rien laisser paraître, faire écran partout, dedans, dehors ».

Restait la question de savoir ce qu'il y avait derrière ou au fond, dans ce qu'on appelle l'intériorité de cet homme. N'y avait-il que du vide, du chaos, un être shakespearien sans forme ni contours, mais plein de mots ? À vrai dire, je m'étais toujours demandé ce qu'on entendait par la « vie intérieure » et je comprenais encore moins ce que serait avoir « une riche vie intérieure ». Je devinais que ça voulait dire avoir des pensées, des émotions, des sensations inexprimées, complexes, « profondes ». Et que la vie intérieure était riche s'il y en avait beaucoup. Mais au risque de passer pour une ignorante ou une folle (ce qui reste possible), ça ne collait pas avec mon expérience : je n'ai pas l'impression d'avoir de vie intérieure, de pensées qui resteraient bien cachées quelque part, tapies je ne sais où, mais auraient une existence propre, uniquement accessible par l'introspection, la méditation ou que sais-je. Et je fis le pari que cette notion n'était pas plus adaptée au cas de Ricardo. Tout était posé là, dehors. Il agissait, il parlait, il inventait, il créait, il manipulait et c'est en regardant son comportement ou la façon dont il réagissait, en observant l'air qu'il respirait qu'on pourrait accéder à ce qu'il était et même à ce qu'il ressentait, sans fouiller dans une intériorité mystérieuse. Et c'est en le laissant mentir, en le poussant à agir, à courir par exemple, que j'espérais avoir le dernier mot.

*

À l'occasion d'une autre question, Ricardo a évoqué la façon dont il était arrivé en Europe. Le récit était prêt. Il avait grandi dans la ville de São Paulo. Après son service militaire, il avait fini ses études à l'université puis était retourné dans l'armée qui recrutait alors de jeunes diplômés. *Pour être honnête*, les salaires étaient bons et il y avait beaucoup de chômage à l'époque au Brésil. Ça ne se refusait pas. Il y était resté dix ans et avait participé dans ce cadre à plusieurs missions des Nations unies, dont une en Haïti. Là, il avait rencontré des soldats français qui, comme lui, arrivaient à la fin de leur contrat. L'un d'eux lui avait proposé de repartir avec lui en France, d'y commencer une nouvelle vie. Et c'est comme ça, par hasard encore une fois, qu'il était arrivé à Paris, y avait trouvé du travail, rencontré sa femme polonaise puis l'avait suivie ici.

*

Une fois l'entretien terminé, nous avions prévu d'aller dans un parc prendre quelques images de lui en train de courir, comme nous l'avions fait la veille avec Juan. Dans la voiture, chose que je voulais éviter à tout prix pour ne pas me lancer dans un *small talk* périlleux, je me suis retrouvée assise à côté de lui sur la banquette arrière. Jamais, je crois, je n'ai éprouvé une telle gêne. Ça n'a pas manqué : il a voulu savoir dans quel quartier de Cracovie j'habitais, de quel pays venaient les autres participants à notre projet et d'autres questions très embarrassantes. J'ai bredouillé quelques explications inaudibles et je m'en suis tirée en lui demandant ce qu'il avait pensé de l'interview. Il a avoué qu'il avait beaucoup aimé et qu'il était en train de tomber amoureux de nous, *I am falling in love with you guys*. Et puis il a voulu faire une blague et ajouté qu'il venait de perdre sa virginité. *I've lost my virginity with you guys*. Je suppose qu'il voulait dire que c'était sa première fois devant un objectif. Mais ces deux phrases étranges, qu'il a lancées comme ça, sans qu'on lui ait rien demandé, n'étaient pas seulement destinées à nous séduire ou nous amadouer. Elles confortaient mon hypothèse qu'il était bien question de jouissance lorsqu'il mentait, qu'il venait en quelque sorte d'avoir un rapport sexuel.

Au parc, il s'est changé pour un survêtement rouge, s'est recoiffé soigneusement devant la vitre de la voiture, a mis des gants noirs pour se protéger du froid et il a commencé à courir.

« Il y a des coureurs qui ont l'air de voler, d'autres qui ont l'air de danser, d'autres paraissent défiler, certains semblent avancer comme assis sur leurs jambes. Il y en a qui ont juste l'air d'aller le plus vite possible où on vient de les appeler », explique un grand amoureux de la course, Jean Echenoz, dans son livre bien nommé *Courir*. Ricardo n'était rien de cela. Il avait le pas lourd, courait de petites foulées, le buste incliné et les bras crispés. Ses pieds frappaient le sol et semblaient encaisser tout le poids de son corps. Il fut vite essoufflé et en sueur. Nous le suivions en voiture comme un coureur cycliste et il disait *pas si vite, je n'arrive pas à trouver mon rythme, à entendre mes pas.*

Confortablement installée sur ma banquette, je mangeais des biscuits. Devenue un *fake* à mon tour, je mesurais la frontière ténue qui existe entre la victime et le bourreau, j'entrevoyais cette inversion des rôles qui s'opère hélas si couramment. Je me disais qu'il n'en faudrait pas beaucoup au fond pour que les femmes de Ricardo et moi-même reprenions le pouvoir et passions de l'autre côté de la force.

Tandis qu'il poursuivait laborieusement sa course, de plus en plus fatigué, rouge, suant, je songeais à Marianne et son enfant, à Kasia et son projet de vie, à Bruna qui m'avait confié son projet de vengeance, à Neuci et sa jeunesse perdue, à Carolina qui ne se remettait pas de tous ces mensonges. De temps en temps, Ricardo demandait si c'était bientôt fini. *Presque fini.* Nous avions encore besoin de quelques images. Il ne souriait plus. À un moment, je lui ai tendu un biscuit par la fenêtre, il l'a pris sans un mot et a continué à courir, gauche et pesant.

Je ne suis ni juge, ni flic, cette course à bout de souffle était tout ce que j'avais sous la main mais j'ai décidé d'en profiter. En mon for intérieur, je l'ai dédiée à ces femmes et à toutes les moqueuses, les persifleuses, à celles qui ont choisi de rire, comme dans la chanson. J'ai regardé ma collègue dans la voiture et on s'est dit qu'à force on allait le tuer. Puis on s'est esclaffées, comme des gamines qui n'ont que la moquerie pour se défendre, vengeance du faible, arme du pauvre.

Allez cours coco !

REMERCIEMENTS

Ce livre n'aurait jamais vu le jour sans l'aide précieuse, le travail inestimable et la générosité d'un grand nombre de personnes que je souhaite vivement remercier, au risque de transformer ces pages en une liste de mes amis, camarades ou connaissances. Mais au fond, ils font partie de ce que j'ai de plus cher.

Je tiens d'abord à exprimer ma profonde gratitude à Juliette Joste pour la confiance et l'amitié qu'elle m'a témoignées en me proposant d'écrire ce livre, son soutien constant et son intelligence aussi bien dans nos relations que dans l'élaboration de ce texte.

Je ne me serais jamais intéressée à cette histoire sans Martine Thomas-Bourgneuf qui m'en a parlé la première fois, n'a cessé de m'encourager avec l'exigence intellectuelle et l'affection qui la caractérisent. Je la remercie chaleureusement.

J'ai écrit une version liminaire de ce texte comme un projet de film. Je dois énormément à Adila Bennedjaï-Zou qui l'a relue, y a trouvé les meilleures idées et corrigé sans pitié mes errements. Je la remercie pour sa disponibilité, sa perspicacité et son talent de narratrice.

Les recherches qui ont suivi n'auraient jamais abouti sans le concours amical et professionnel de mes camarades des Pieds sur terre à France Culture, des enquêtrices polonaises et brésiliennes, notamment Anna Pamula et Anne-Laure Desarnauts, et des équipes qui m'ont accompagnée dans ces deux pays et en France, d'Elisabeth Perez, Alexis Genauzeau et Beata Rzeźniczek, Eric Lagesse et Roxane Arnold. Qu'ils soient remerciés très sincèrement.

J'ai passé quelques semaines très stimulantes à la fantastique Fondation Jan-Michalski à Montricher, à travailler sur ce livre. Ma reconnaissance va à sa formidable équipe, en particulier Chantal Buffet, Charlotte Chevrier-Dana, Natalia Granero, Aurélie Baudrier, Vera Michalski-Hoffmann.

Xavier de La Porte, Sandrine Gulbenkian, Marie Desplechin, Joseph Confavreux et Christophe Bataille ont eu l'immense gentillesse et la patience de relire ce texte à différents stades. Tous leurs commentaires, leurs suggestions, leurs idées lumineuses m'ont été infiniment précieux. Je leur dois des remerciements très spéciaux.

J'ai sollicité pour ne pas dire harcelé de nombreuses personnes sur divers aspects de mes recherches. Pour leur rigueur, leurs encouragements et leur bienveillance, je remercie Fabrice Rozié, Danielle Zimmerman,

Stéphane Lemaire, Sybille Friedel, Daphné Juster, Marysette Moisset, Laurent Merlet, Lola Simavonian, Pablo Voltaro, Daniel Zagury, Gilles Drouault, Paul Kronlund-Drouault, Stéphanie Boudjema, Sandra Kogut, Jonathan Nossiter, Juliette Simont, Lise Wajeman, Sacha Zilberfarb, Olga Vincent, Denis Darzacq, Francois Escaig, Suzanne Escaig, Fabien Le Roux, Alexis Ferroyer, Liana Valken, Weiyang Lee et Delphine Saltel.

Les femmes, qui ont surmonté leur réserve ou leur honte en se confiant à moi, méritent évidemment la place la plus importante dans cette liste. Elles se reconnaîtront et savent la dette immense que j'ai à leur égard et la responsabilité qui m'incombe vis-à-vis de leurs enfants. Les remerciements que je leur adresse sont aussi des excuses, si je les ai parfois pressées maladroitement.

Cet ouvrage a été achevé d'imprimer
par CPI Firmin-Didot au Mesnil-sur-l'Estrée
pour le compte des éditions Grasset
en décembre 2023

Composition et mise en pages
Nord Compo à Villeneuve-d'Ascq

PAPIER À BASE DE
FIBRES CERTIFIÉES

Grasset s'engage pour
l'environnement en réduisant
l'empreinte carbone de ses livres.
Celle de cet exemplaire est de :
500 g éq. CO_2
Rendez-vous sur
www.grasset-durable.fr

N° d'édition : 22991 – N° d'impression : 177002
Dépôt légal : janvier 2024
Imprimé en France